너의
노래가

내게
닿을 때

너의 노래가 내게 닿을 때

팬과 아티스트의 끝나지 않은 노래

초 판 1쇄 2025년 02월 13일

지은이 태화
펴낸이 류종렬

펴낸곳 미다스북스
본부장 임종익
편집장 이다경, 김가영
디자인 임인영, 윤가희
책임진행 이예나, 김요섭, 안채원, 김은진, 장민주

등록 2001년 3월 21일 제2001-000040호
주소 서울시 마포구 양화로 133 서교타워 711호
전화 02) 322-7802~3
팩스 02) 6007-1845
블로그 http://blog.naver.com/midasbooks
전자주소 midasbooks@hanmail.net
페이스북 https://www.facebook.com/midasbooks425
인스타그램 https://www.instagram.com/midasbooks

© 태화, 미다스북스 2025, *Printed in Korea*.

ISBN 979-11-7355-070-6 03810

값 **18,000원**

미다스북스는 다음세대에게 필요한 지혜와 교양을 생각합니다.

너의
노래가

내게
닿을 때

팬과 아티스트의 끝나지 않은 노래

태화 지음

미다스북스

작년 이맘때, 수줍게 내민 소설 한 권에 재능이 이렇게 빛날 줄 누가 알았을까? 시련을 딛고 일어서는 용기와 따뜻한 마음이 가득한 이 책은, 모든 청소년들에게 희망을 선물할 것입니다.

김명란(고등학교 교사)

『너의 노래가 내게 닿을 때』는 마음속 깊이 잠들어 있던 희망과 용기를 토닥토닥 깨워주는 이야기입니다. 매서운 겨울 바람처럼 꽁꽁 얼어있던 어두운 삶 속에서도 빛을 잃지 않는 주인공의 목소리는 독자들의 마음을 녹이며 앞으로 나아갈 힘을 선사합니다. 삶의 이유에 괄호를 연 많은 독자들에게 이 책은 괄호를 채워줄 것입니다. 모든 세대가 함께 읽고 공감할 수 있는 아름다운 선물 같은 작품에 밑줄을 쫙 긋습니다.

김경아(시조시인, 수필가)

_프롤로그

내 아이돌이 세상을 떠난 이후, 세상이 멈춘 것 같았다. 아니, 정확히 말하자면 내가 세상과 단절된 기분이었다. 그가 떠난 뒤로 내 하루는 고통과 공허로 채워졌고, 그가 남긴 음악은 이제 나를 위로하기는커녕, 그 빈자리를 더 크게 느끼게 했다. 매일 아침 해가 뜨고 밤이 찾아오지만, 나는 그 속에서 점점 더 작아지고 있었다. 내가 사는 이유, 내가 살아가야 하는 이유를 찾을 수 없었다.

"이 겨울이 마지막이네."

길거리는 조용했다. 겨울의 한가운데, 눈이 하얗게 내려앉고, 모든 것이 고요하게 잠잠했다. 그런데 내 마음속은 그 고요함과는 정반대였다. 마음 한구석에서부터 서서히 무너져 내리는 느낌이 들었고, 그 무게가 점점 더 커졌다. 나도 모르게 눈을 감고, 그의 목소리가 떠올랐다. 그 따뜻했던 음성, 나를 위해 노래하던 그 목소리가 더 이상 들리지 않았다.

그가 내 삶의 중심이었고, 그의 존재는 나의 이유였다. 그와 함께한 모든 순간이 나의 이유였고, 그의 노래는 내가 살아가야 하는 이유였다. 그런데 이제 그가 떠난 세상에서 나는 더 이상 존재할 이유를 찾을 수 없었다. 나는, 그저 그가 없다는 사실을 받아들이기 힘들었다. 그리고 그 사실을 직면하기 두려웠다.

"해답은 이것밖에 없는 것 같아."

내가 내린 결심은 이미 오래전부터 마음속에 자리 잡고 있었다. 그가 떠난 이 세상에서, 나는 더 이상 견딜 수 없었다. 나는 서서히 창문을 열었다. 차가운 공기가 내 얼굴을 스치며 들어왔다. 그 바람 속에서 내가 할 수 있는 마지막 선택이 떠올랐다. 끝내야 한다. 더 이상 아무것도 할 수 없다는 생각에 이끌려, 나는 창틀에 손을 올리며 망설이지 않았다.

"미안해."

내 입에서 나온 그 한마디는 너무나 짧고, 무게가 없었다. 내가 모든 것을 끝내겠다는 그 결정을 내리기까지, 내 마음 속에서는 그가 나를 부르고 있는 것처럼 들렸다. 하지만 그 목소리는 이미 사라져 버렸다. 나는 그가 남긴 기억 속에서, 그가 나에게 해줬던 위로 속에서, 스스로를 구할 수 없었다.

눈을 감고, 나는 그가 마지막으로 내게 전했던 말들을 떠올렸다. 그가 나에게 남겨준 따뜻한 위로의 말들, 그의 목소리 속에서 느꼈던 그 따뜻함을 나는 이제 더 이상 느낄 수 없었다. 그럴 수 없다는 사실이, 내 마음을 더 깊은 곳으로 끌어당기고 있었다. 이제 더 이상, 내가 살아갈 이유가 없었다.

그리고 그 순간, 나는 창밖을 바라보며 망설임 없이 난간 밖으로 발을 내디뎠다.

1부

빛을 향한 길

도윤에게 공부는 단순한 의무가 아니었다.
그것은 그의 존재를 증명하는 방식이었다.
삶에서 의미를 찾기 위한 마지막 끈이었다.
'내가 공부를 잘하고, 성공을 이룬다면, 이 고통스러운 현실에서 해방될 수 있어.'
그는 그렇게 믿으며 자신을 끊임없이 몰아붙였다.
하지만 지금, 그 믿음은 부서져 내린 유리 조각처럼 허무하게 흩어졌다.

1. 집, 감옥

칠흑 같은 밤이었다. 빛 한 점 없는 어둠 속에서 사람은 자신을 가장 선명히 마주한다. 밤의 정적은 진실을 감추지 못한다. 희망과 두려움, 사랑과 미움, 그리고 모든 갈등이 그 어둠 속에서 더욱 선명히 떠오른다. 누군가는 그 속에서 평온을 찾지만, 누군가에게는 숨조차 쉴 수 없는 무게로 다가온다. 도윤에게 이 밤은 후자였다.

희미한 새벽빛이 들이닥치기도 전에, 어둠 속의 고요는 산산이 깨졌다.

"밥 차려 놓으라니까 뭐하노!"

아빠의 목소리는 칼처럼 어둠을 베고 집 안 구석구석을 울렸다. 도윤은 반사적으로 이불을 움켜쥐었다. 매일 반복되는 풍경이었지만 오늘은 유난히 숨이 더 막혔다.

"아씨, 배고파라 배고파."

아빠의 목소리는 거칠고 뾰족했다. 도윤은 이불 속에서 두 손으로 귀를 막아보았지만 소용없었다. 그 소리는 벽을 뚫고, 바닥을 타고, 공기를 떨리게 하며 집 안 구석구석을 울렸다.

"뱃돼지 고프단다 아이가."

늘 그래왔듯, 이 말은 폭풍의 시작이었다. 엄마의 짧은 한숨 소리가 들린 듯했다. 거실에서는 익숙한 풍경이 펼쳐졌다. 엄마는 주저 없이 부엌으로 향했고, 아빠는 텔레비전 앞에 앉아 계속 화를 냈다.

어렸을 땐 모든 집이 다 이럴 거라고 생각했다. 밥상머리에서의 침묵, 아빠의 일방적인 지시, 엄마의 억눌린 순응. 하지만 초등학교, 중학교를 거치며 친구들의 집 이야기를 듣고 나서야 알게 되었다. 이런 풍경은 결코 보편적이지 않았다.

아빠는 늘 '남자는 돈만 벌면 된다'는 사고방식을 고수했다.

"남자란 법이 그래야 되는 거야. 여자들처럼 집안일한다고 생각하지 마라."

그에게 있어 자식은 책임질 필요가 없는 존재였고, 아내는 집과 밥을 책임지는 존재였다. 엄마는 그의 말에 이의를 제기하지 않았다. 아니, 제기할 수 없었다.

도윤이 반항이라도 하듯 '왜 엄마만 모든 일을 해야 하냐'고 물으면 돌아오는 대답은 언제나 같았다.

"어디서 감히 아버지한테 그런 소릴 하노? 학교에서 그렇게 가리켰나? 애새끼 싸가지 하고."

아빠와의 대화는 언제나 일방적이었다. 그는 자신이 주기만 하고 받지 못한다고 늘 불평했지만, 정작 누구에게 무엇을 주고받았는지에 대해선 한 번도 분명히 말하지 않았다. 그저 자신의 권리를 외치는 데 급급했다.

"자식새끼 키워봤자 소용없다 소용없어."

엄마와 아빠의 다툼은 늘 술이 촉발제였다. 특히 아빠가 친구들과 밤새 술을 마시고 집에 돌아오는 날이면, 싸움은 거칠게 번졌다. 얼마 전에도 그랬다. 자정을 훌쩍 넘긴 시간에, 모두가 잠든 집으로 비틀거리며 들어온 아빠는 배가 고프다며 엄마를 깨웠다. 피곤한 엄마는 그를 무시했고, 아빠는 그 태도에 격분했다.

그날 밤, 거실은 전쟁터와 다름없었다.

"밥 달라카믄 그냥 차려주믄 될낀데 뭐 이리 느릿느릿하노!!"

아빠의 목소리는 거칠고 위협적이었다.

엄마는 평소처럼 아무 말 없이 묵묵히 움직였다. 하지만 아빠의 잔소리가 끝없이 이어지자 그녀는 결국 터져 나오는 마음을 참지 못했다.

"술 마셨으면 곱게 있던가, 애 자고 있는데 뭐 하는 짓이냐고요!"

그 말이 끝나기가 무섭게 아빠의 화는 한계를 넘어섰다. 그는 엄마가 들고 있던 접시를 내리쳤고, 접시는 바닥에 떨어지며 산산조각이 났다.

엄마는 처음엔 놀란 표정을 짓더니, 이내 아빠를 향해 소리를 질렀다.

"왜 이러는데! 당신이 괴물이야, 뭐야!"

말싸움은 곧 몸싸움으로 변했다. 아빠는 분노를 참지 못하고 손을 들어 올렸다.

"그래, 마 오늘 끝장을 보자!"

그 순간, 도윤은 방 안에서 떨리는 손으로 문을 살짝 열었다. 문틈 사이로 보이는 거실은 전쟁터나 다름없었다. 아빠의 얼굴은 분노로 일그러져 있었고, 엄마는 그를 향해 소리를 지르며 뒤로 물러섰다.

— 찰싹
아빠의 손이 엄마의 뺨에 닿았다. 엄마는 한 손으로 뺨을 감싸 쥔 채 눈물을 흘리며 조용히 고개를 숙였다.

도윤은 심장이 빠르게 뛰는 것을 느꼈다. 그의 손은 떨렸지만, 본능적으로 휴대폰을 꺼내 들었다. 카메라 버튼을 누르는 손가락 끝이 차가웠다. 화면 속 장면은 초점이 맞지 않아 흐릿했지만, 아빠가 엄마를 때리는 모습은 너무도 선명히 담겼다.

얼마 후, 거실은 싸움의 흔적과 함께 적막이 찾아왔다. 아빠는 방으로 들어갔고, 엄마는 부엌 의자에 앉아 눈물을 훔치고 있었다.

"엄마."

도윤은 망설임 없이 다가갔다. 그의 목소리는 떨리고 있었다.

"엄마, 나 저 새끼가 엄마 때리는 거 영상 찍어놨어. 이거 말고도 저번에 물건 던지고 소리 지르는 거, 밥상 엎은 거 다 찍어놨다고. 이거 전부 다 경찰에 신고하고 방송국에 제보해서, 저 새끼 콩밥 먹게 해요. 이제 이렇게 그만 살아도 돼."

엄마는 도윤의 말을 듣고 천천히 고개를 들었다. 그녀의 눈은 이미 지칠 대로 지쳐 있었다. 도윤의 손에서 휴대폰을 가져간 엄마는 잠시 영상 파일을 바라보다가 삭제 버튼을 눌렀다.

"엄마! 뭐 하는 거야? 이거 없애면 안 돼!" 도윤이 절박하게 외쳤다.

엄마는 고개를 저으며 단호하게 말했다.

"신고해서 네 아빠가 감옥에 가면, 돈은 누가 벌어? 생활비는? 너 학원비는? 학교생활은 어떻게 할 거야? 이런 일이 동네에 알려지면, 우리가 여기서 어떻게 살아?"

엄마의 말은 현실적이었지만, 그 속에는 깊은 체념과 슬픔이 묻어 있었다. 그녀는 고개를 숙이며 덧붙였다.

"엄마는 괜찮으니까 너도 앞으로 이런 쓸데없는 짓 하지 마."

도윤은 입술을 깨물며 아무 말도 할 수 없었다. 그의 손은 여전히 떨렸고, 가슴속에는 무언가가 부서지는 듯한 느낌이 들었다.

결국, 도윤은 아무것도 하지 못한 채 방으로 돌아왔다. 침대에 몸을 던지듯 누운 그는 천장을 멍하니 바라보았다.

"씨발, 왜 이런 집구석에 태어나가지고."

스스로에게 물었지만, 답은 나오지 않았다. 마음속에는 커다란 구멍이 뚫린 것 같았다. 슬픔과 분노, 무력감으로 가득 찬 그 구멍은 너무 커서 무엇으로도 채울 수 없었다.

도윤은 눈을 감았다. 하지만 눈을 감는다고 해서 현실이 사라지지 않았다. 아빠의 소리는 여전히 귀를 찢듯 들려왔고, 엄마의 한숨은 가슴을 무겁게 짓눌렀다. 도윤은 두 손으로 귀를 막으며 속으로 외쳤다.

"그만해… 제발…."

그는 눈물이 고이는 것을 느끼며 입술을 꽉 깨물었다. 눈물이 베개로 스며들었지만, 그것조차 느낄 여유가 없었다.

"언젠가…."
도윤은 속으로 되뇌었다.
"언젠가는 내가 모든 걸 바로잡을 거야."

그러나 그날이 언제일지는, 자신도 알 수 없었다.

2. 속삭이는 칼날

차가운 겨울바람이 불어왔다. 세상 모든 것들을 깨우는 듯, 그 바람은 묵직한 침묵을 깨뜨리며 지나갔다. 한겨울의 차디찬 공기가 더 깊게 몸속에 스며드는 느낌. 창밖에서 들려오는 바람 소리가 귓가를 스치며 지나갈 때, 집 안의 고요함도 바람에 맞서 작은 파문을 일으키는 듯했다.

도윤은 멍하니 그 소리를 들으며 손끝에 커터 칼을 쥐고 있었다. 차가운 금속이 그의 피부를 스치며, 미세한 통증이 몸에 새겨졌다. 붉은 물결이 팔을 타고 흘러갔다. 그는 그 장면을 멍하니 바라보며, 자신도 모르게 한숨을 내쉬었다.

"하… 하…."

고요한 새벽, 온 세상이 잠든 이 시간에 문득 떠오른 생각.

'나는 지금, 뭘 위해 살고 있지?'

도윤은 성적이 떨어져 극도의 스트레스에 시달리고 있었다. 지난 시험에서 기대 이하의 결과가 나왔을 때, 그는 그 불안감을 참지 못하고 결국 자신을 해치고 말았다.

'씨발, 이렇게 열심히 했는데 왜 이것밖에 점수가 안 나오냐고!'

그 외침 속에는 절망과 무력감이 뒤섞여 있었다.

그는 공부를 잠시도 쉬지 않았다. 잠깐이라도 멈추면 뒤처질까 봐, 늦어질까 봐 두려운 마음이 그를 지배했다. 다른 사람들과 자신을 비교하며, 성적이 낮을 때마다 스스로를 탓했다. 외부의 시간은 계속해서 흘러갔지만, 도윤의 내면은 멈춰 있었다. 세상은 잠들었지만, 그의 마음은 쉬지 않았다. 고통은 언어가 아니었고, 그저 무언가를 깨닫기 위한 수단처럼 느껴졌다. 그러나 그 깨달음은 언제나 공허하게만 다가왔다.

칼을 쥔 손이 떨렸다. 가슴속 깊이 뿌리내린 감정이 무겁게 그를 짓눌렀다.

'왜 이렇게밖에 못했을까?'

도윤에게 공부는 단순한 의무가 아니었다. 그것은 그의 존재를 증명하는 방식이었다. 삶에서 의미를 찾기 위한 마지막 끈이었다. '내가 공부를 잘하고, 성공을 이룬다면, 이 고통스러운 현실에서 해방될 수 있어.' 그는 그렇게 믿으며 자신을 끊임없이 몰아붙였다. 하지만 지금, 그 믿음은 부서져 내린 유리 조각처럼 허무하게 흩어졌다.

책상 위에 놓인 성적표가 그를 내려다보고 있었다. 그 숫자들. 그 작은 숫자들이 그의 모든 것을 정의하고, 삶의 가치를 평가했다. 하지만 그것들은 항상 그의 기대에 닿지 못했다. 매번 부족하다고 느껴지는 점수들. '왜 이렇게밖에 못했을까?' 도윤은 자책했다. 그 자책은 다시 무력감으로 이어졌다.

어디선가 물방울이 떨어지는 소리가 들렸다.

– 뚝뚝
책상 아래로 무언가 번져갔다. 붉은 자국이었다.

그 자국은 그가 이 세상에 남긴 흔적처럼 보였다. 분명 존재했지만, 아무도 알아채지 못했다. 그것은 마치 세상으로부터 철저히 외면당한 그의 마음과 같았다. 차갑고 무심한 세상 속에서, 도윤은 더 이상 자신의 존재가 중요하지 않다고 느꼈다. '내가 사라져도 아무도 신경 쓰지 않겠지.' 그 생각은 그의 마음에 깊게 자리 잡아갔다.

하지만 그 생각이 완전히 그의 정의가 되어버리려는 찰나, 단 한 사람만은 달랐다. 아람이었다.

+++

다음 날 아침, 도윤은 여느 때처럼 통학버스를 기다리기 위해 정류장에 나왔다. 학교까지는 꽤 거리가 있어 매일 아침 버스를 타는 것이 익숙했지만, 오늘만큼은 그 발걸음이 유난히 무겁게 느껴졌다.

주변을 둘러보니, 세상은 여전히 바쁘게 돌아가고 있었다. 아이들은 천진난만한 얼굴로 웃으며 뛰어놀고, 어머니들은 손을 잡아주며 그들의 아이를 배웅하고, 직장인들은 정장 차림으로 급히 출근길을 서두르고 있었다. 한쪽에서는 채소를 정리하며 손님을 기다리는 할머니, 또 다른 쪽에서는 스마트폰 화면에 시선을 고정한 채 걷는 대학생들이 보였다.

　모두 각자의 리듬 속에서 바삐 살아가고 있었다. 그러나 도윤은 그 리듬에서 한 발짝 떨어져 있는 것만 같았다. 세상의 소리가 점점 희미해지며, 마치 고요한 물속에 갇힌 듯한 느낌이 들었다. 주변의 활기와 웃음은 멀리서 울리는 메아리처럼 멀게만 느껴졌다. 도윤의 시선은 점점 발끝으로 내려갔다. 깊은 한숨이 저절로 흘러나왔다. 오늘 하루가 시작되기도 전에 이미 버겁게 느껴졌다. 다른 사람들에게는 평범한 아침일지도 모르지만, 도윤에게는 그 어느 때보다 무거운 시간이었다. 세상은 아무렇지 않게 흘러가고 있지만, 도윤의 세계는 어딘가 멈춰버린 듯했다.

　그때, 익숙한 목소리가 들려왔다.
　"이도윤."

　도윤은 움찔하며 고개를 들었다. 아람이 바로 앞에 서 있었다. 늘 밝고 활기차던 아람의 얼굴에는 걱정이 고스란히 드러나 있었다. 그녀의 눈빛은 흔들림 없이 도윤을 응시하며, 그 안에 담긴 진심이 고요한 물결처럼 다가왔다.

"어제는 왜 아무 말도 없이 먼저 갔어? 너 많이 힘들어 보였는데… 괜찮아?"

"응, 괜찮아."

도윤은 힘없이 대답하며 고개를 살짝 끄덕였다. 하지만 그의 떨리는 손끝과 약간 붉어진 눈가는 그 말을 믿기 어렵게 만들었다. 아람은 작은 변화를 놓치지 않았다.
"괜찮기는, 내가 너 한두 번 보냐? 무슨 일이야, 나한테 말해줘."

아람은 도윤의 소꿉친구이다. 초등학생 때부터 지금까지 7년 동안 언제나 함께였다. 밝고 명랑한 성격의 아람은 늘 주변을 웃음으로 가득 채웠다. 사소한 일에도 환하게 웃으며, 어두운 순간에도 희망을 찾아내는 사람이었다. 그런 아람이 지금은 웃지 않고 있었다.

아람은 잠시 침묵하며 도윤을 바라보았다. 평소라면 그가 이렇게 고집스럽게 마음을 닫아도 가볍게 웃어넘기며 분위기를 바꿨을 것이다. 하지만 오늘은 달랐다. 도윤의 고요함이 어딘가 달라 보였다.

조용히 손을 뻗어, 아람은 도윤의 손등 위에 자신의 손을 살며시 올렸다. 차갑게 식은 도윤의 손끝이 그녀의 따뜻한 손바닥에 닿았다.

"야, 이도윤." 아람이 낮은 목소리로 말했다. "너 힘든 거 나한테 말해도 돼. 괜찮아, 나 여기 있어."

그 말에 도윤은 고개를 저으며 애써 평정을 유지하려 했다. 그러나 손을 잡고 있는 아람의 따뜻한 온기가 이상하게도 마음을 흔들었다.

"나 진짜 괜찮다니까."

도윤은 콩알만 한 소리로 반복하며 말했다. 하지만 목소리는 단호하지 않았다. 떨리는 눈동자와 약간 갈라진 목소리. 그 모든 것이 아람에게 그의 진심을 그대로 드러내고 있었다.

"너 그렇게 말할 때마다 내가 믿을 것 같아? 멍청아 우리 벌써 7년 넘게 친구거든. 나한테는 그냥 말해도 돼. 네가 힘들면 내가 어떻게든 도와줄게."

아람의 목소리는 단호하면서도 부드러웠다. 그녀는 손을 놓지 않고 계속 붙잡았다. 잠시 말을 잇지 못한 도윤은 가슴 한구석에 억눌려 있던 감정들이 서서히 밀려오는 느낌을 받았다. 아람이 말한 '도와줄게.'라는 한마디가 그의 눈물을 자극했다.

"그냥… 모든 게 너무 힘들어."

도윤의 목소리는 작지만 무겁게 느껴졌다. 그는 결국 한숨을 내쉬며 아람을 바라봤다.

"집에서도 싸우는 소리만 들리고, 학교에서도 뭔가를 잘해야 할 것 같은 압박이 너무 심해. 아무도 내가 어떻게 느끼는지 신경도 안 쓰는 것 같아."

도윤은 울컥하는 감정을 참으려 애썼지만, 눈가가 이미 젖어 있었다. 아람은 도윤의 손을 꼭 쥔 채 그를 가만히 바라보았다.

"도윤아, 넌 혼자가 아니야. 네가 힘들 때마다 이렇게 다 안고 있으려고 하지 마. 적어도 나한테는 털어놔도 돼. 난 언제나 네 편인 거 알잖아."

그 말을 듣자 도윤은 결국 참았던 눈물을 터뜨렸다. 아람은 아무 말 없이 도윤의 등을 토닥였다. 그녀의 손끝에서 느껴지는 따뜻함과 안정감이 도윤의 마음속 깊은 고통을 잠시나마 달래주었다.

"넌 남자가 왜 이렇게 눈물이 많냐. 넌 이 누나 없으면 어떡할래?"

도윤이 바라보던 세상이 일렁이듯 흐릿하게 보였다. 눈앞의 풍경이 마치 물결처럼 흔들리는 느낌이었다. 그는 깊게 들이쉬며 숨을 고르려 애썼다. 이상하게도, 마음속의 어두운 무게가 조금은 가벼워진 것 같았다.

"괜찮아, 도윤아. 네가 아무 말 안 해도 괜찮아. 지금처럼 울고 싶으면 울어도 돼. 내가 끝까지 네 곁에 있을게."

아람의 목소리는 조용했지만 단단했다. 그 진심이 도윤의 가슴 깊이 스며들었다.

― 빵빵

　마침 통학버스가 정류장에 도착했다. 도윤은 눈가에 맺힌 눈물을 재빨리 닦고 자연스럽게 버스에 올랐다. 늘 그렇듯, 아람과 함께 맨 뒷자리에 자리를 잡았다. 익숙한 공간에 함께 앉으니 조금 더 편안해지는 기분이었다.

　"학생 안전벨트 맸지? 출발한다."

　"네, 기사님! 출발해 주세요!"

　아람의 밝은 외침과 함께 버스는 출발했다.

　"이 누나는 조금 피곤해서 잘 테니까 도윤이 얌전히 있어야 해."

　"빨리 잠이나 자."

　버스가 출발하고 도윤은 고개를 돌려 창밖을 바라보았다. 창밖의 풍경은 마치 모노드라마처럼 이어졌다. 흑백의 세상이 조금은 밝아진 듯 보였다.

– 끼익

　신호가 빨간불로 변하자, 버스는 멈추었고, 그 순간 도윤
의 눈에 두 아이가 들어왔다. 그들은 서로 손을 꼭 잡고, 겨
울의 추위 속에서도 웃으며 학교로 가는 길을 걸어가고 있었
다. 한 아이는 털모자와 벙어리장갑을 끼고, 다른 아이도 같
은 모습이었다. 그들의 따뜻한 모습은 도윤에게 묘하게 친숙
하게 다가왔다. 그 모습은 마치 어린 시절의 자신과 아람을
보는 듯한 느낌이었다. 함께 웃고, 서로를 의지하며 나가던
그때의 기억이 도윤을 사로잡았다.

　"귀엽다." 도윤은 작게 말하며 그들을 바라보았다. 신호가
바뀌고, 버스는 다시 움직이기 시작했다. 두 아이는 점점 멀
어졌지만, 도윤의 머릿속에서는 그들이 계속 남아 있었다.
그리고 그 순간, 도윤은 자연스럽게 어린 시절의 기억으로
돌아갔다.

　그날도 이런 날이었다. 초등학교 1학년, 겨울의 한 날이었다.

　아빠와 엄마의 싸움이 격해져 도저히 집에 있을 수 없었던
날, 도윤은 몰래 집을 나와 학교 공터의 그네에 앉아 있었다.

바람은 차갑고, 하늘은 흐리며 그늘이 짙게 드리워져 있었다. 그가 앉은 그네는 약간 삐걱거렸고, 바람이 지나갈 때마다 휘파람처럼 소리가 났다. 도윤은 그 소리가 싫었지만, 떠날 곳이 없었다. 그냥 그 자리에 앉아 차가운 바람을 맞으며 고요히 있었다. 그는 그때 느꼈던 마음을 다시 떠올릴 수 있었다. 싸움의 소리가 그의 귀에서 떠나지 않았고, 그저 그 속에 갇혀 있었던 것만 같았다.

그 순간, 누군가의 목소리가 들려왔다.

"거기 앉아 있으면 추워. 같이 놀자!"

도윤은 깜짝 놀라 고개를 돌렸고, 그곳에는 겨울의 차가운 공기 속에서도 밝고 따뜻한 미소를 띤 한 아이가 서 있었다. 그 아이는 아람이었다.

아람은 도윤이 그네에 앉아 있는 것을 보고, 마치 아무렇지도 않게 다가왔다. 손끝에는 벙어리장갑이 끼워져 있었고, 털모자도 살짝 비뚤어져 있었다. 하지만 그럼에도 불구하고 아람의 미소는 그 차가운 겨울 공기 속에서 유독 따뜻하게 느껴졌다.

"왜 이렇게 혼자 있어?" 아람은 아무렇지도 않게 물었다. 도윤은 대답하지 않았다. 대답할 수 없었다. 그는 그저 괜히 혼자 있고 싶었을 뿐이었다. 그때, 아람은 망설임 없이 다가와 손을 내밀었다.

"같이 놀자! 괜찮지?" 그 손은 아무런 부담도 없었고, 도윤에게 조금도 거부할 수 없게 만들었다. 어릴 때부터 알던 아이들의 인사 방식처럼 간단한 제안처럼 들렸지만, 도윤은 그 손을 거절할 이유가 없었다. 그 손은 그가 그토록 필요했던 것처럼 느껴졌고, 그 손을 잡는 순간, 도윤의 마음속 어딘가가 놓여지는 기분이었다.

그날 이후 아람은 도윤 곁에 늘 있었다. 학교에서 쓸쓸함과 외로움을 더욱 강하게 느끼던 도윤은 아람 덕분에 조금씩 마음을 열 수 있었다. 학교 앞에서 엄마의 손을 잡고 미주알고주알 일상을 나누며 가는 친구들이 부러울 때도 아람이 곁에 있었다. 도윤에게 아람은 유일한 친구이자 가장 소중한 사람이었다.

"너 왜 그렇게 날 빤히 봐? 내가 그렇게 예뻐?"

도윤이 그 소리에 깜짝 놀라 돌아보자, 아람이 장난스럽게 그를 보고 있었다. 도윤은 그 말에 아무 대답 없이 미소를 지었다. 아람의 장난스러운 말은 언제나 도윤의 마음을 풀어주었다. 차가운 공기 속에서도 아람의 웃음은 도윤에게 따뜻한 온기를 주는 것 같았다.

"뭐래. 거울 안 보냐?"

"뭐? 이 자식이."

학교에 도착한 두 사람은 평소와 다르게 교실로 향하지 않았다. 아람은 도윤의 손을 잡고 학교 옥상으로 이끌었다. 매서운 겨울바람이 두 사람의 얼굴을 스쳤지만, 아람의 환한 미소는 그 차가운 공기를 이겨낼 만큼 따뜻한 힘을 가지고 있었다. 그 미소는 언제나 도윤에게 희망처럼 다가왔다.

"뭐야, 왜 여기로 온 거야?"
도윤이 고개를 갸웃하며 물었다. "사실 너한테 보여줄 게 있어."
아람은 말없이 기다리는 보며 작게 웃었다. 아람은 주머니에서 휴대폰을 꺼내더니, 화면을 몇 번의 터치 후 도윤에게 보여주었다. 화면 속에는 아이돌 그룹 '포리아'의 로안이 무대에서 열정적으로 공연을 펼치고 있었다.

"이 사람 누구야?"

"포리아 로안. 너 몰라?"

로안은 인기 아이돌 그룹 포리아의 메인 보컬이자 팀의 리더로, 특유의 따뜻한 목소리와 밝은 미소로 많은 팬들에게 사랑받는 가수이다.

"이걸 왜 보여줘?" 도윤은 약간 의아한 표정으로 아람을 바라보았다.

"그냥, 너도 잠깐이라도 즐거웠으면 해서." 아람은 환하게 웃으며 말했다. "나한텐 이런 게 큰 위로가 되거든. 너한테도 위로가 될 수 있을지 모르잖아."

아람은 늘 이렇게 소소한 행복을 찾아내는 사람이었다. 사소한 일에도 기뻐하고, 좋아하는 일을 마음껏 즐길 줄 아는 사람이었다. 아이돌 로안의 열렬한 팬이기도 한 그녀는 콘서트 이야기를 하거나 굿즈를 자랑하며 눈을 반짝이곤 했다. 그런 아람을 보며 도윤은 종종 냉소적인 태도를 보였다.

'이런 게 뭐가 좋다고….'

처음엔 시큰둥하게 화면을 바라보던 도윤의 눈길이 점차 그 속으로 빠져들었다. 로안은 화면 속에서 미소를 가득 머금은 채 팬들과 교감하며 무대를 지배하고 있었다. 그의 목소리와 웃음은 도윤의 마음속 깊은 곳에 따뜻함을 전해주었다.

'저 사람은 어떻게 저렇게 환하게 웃을 수 있는 걸까.'

도윤은 자신도 모르게 속으로 중얼거렸다. 마음 한구석에서 무언가가 흔들리고 있었다. 그 따뜻함을 부정하고 싶었다. 애써 시선을 돌리려 했지만, 화면에서 느껴지는 밝고 긍정적인 에너지가 쉽게 그를 놓아주지 않았다.

아람은 도윤의 얼굴을 가만히 살피며 미소를 지었다.

"따뜻한 노래 들으니까 기분이 좀 나아지지? 내가 이걸 너한테 보여준 이유는 너도 잠깐이라도 기분이 나아졌으면 해서야."

그리고는 더없이 부드럽게 덧붙였다.

"너무 완벽하려고 하지 마. 가끔은 좋아하는 걸 찾아보는 것도 나쁘지 않아."

도윤은 그 말에 대답하지 못했다. 하지만 아람의 말과 그 따뜻한 미소는 그의 마음 한구석에 희미한 빛을 남겼다.

학교를 마치고 집으로 돌아온 도윤은 무심코 책상 앞에 앉았다. 다시 공부를 해야 한다는 생각에, 뭔가 해야만 할 것 같았다. 펜을 쥐고 책을 펼쳤지만, 페이지를 넘길 때마다 그 속에 잠겨 있는 우울과 공허함은 좀처럼 사라지지 않았다. 그가 집중하려 애써도 마음속에서 끊임없이 맴도는 무언가가 그를 놓아주지 않았다.

'이 집을 떠나는 게 내 목표야.'

그는 속으로 다짐을 하며 책을 펼쳤다. 하지만 아무리 책을 읽으려 해도, 그 속에 잠겨 있는 우울과 공허함은 쉽게 사라지지 않았다. 마음속에서 끊임없이 맴도는 무언가가 그를 놓아주지 않았다.

"아씨, 왜 이리 집중이 안 되지."

그때, 현관문이 열리는 소리가 들리더니, 얼마 지나지 않아 거실에서 날카로운 목소리가 울려 퍼졌다.

"돈 벌어오는 서방님한테 이따구 개밥을 차려놓나?? 처먹을 게 하나도 없노!"

도윤은 그 소리를 들었을 때, 이미 예상할 수 있었다. 그다음엔 또 다른 고성과 싸움이 이어질 거라는 걸. 그는 반사적으로 이불을 덮어쓰고, 두 손으로 귀를 막았다. 하지만 그 소리는 점점 더 커지며 그의 귀를 뚫고 들어왔다

"밥 하나 차리는 게 뭔 대수라고 이리 시간이 오래 걸리노."

도윤은 그 소리가 더 이상 들리지 않기를 간절히 바랐다. 손끝에 힘을 주며 귀를 막았지만, 그 싸움의 소리는 마치 그

림자처럼 그를 따라왔다. 어디에서도 피할 수 없다는 듯, 계속해서 속을 파고들었다.

  "제발… 제발 그만 좀 해…."

3. 어둠을 깨우던 작은 목소리

도윤은 저녁 식사를 마친 후, 식탁에 앉아 엄마가 설거지를 하는 모습을 조용히 지켜보았다. 주방의 따뜻한 불빛 아래, 물이 흐르는 소리와 접시가 부딪히는 소리가 공간을 가득 채웠다. 그 소리는 균일한 리듬을 이루며 반복되었지만, 도윤의 머릿속에서는 그 소리가 점점 멀게만 느껴졌다. 마음은 여전히 무겁고, 복잡한 생각에 갇혀 있었다.

그리곤, 도윤은 공기를 한 움큼 크게 삼키며, 조용히 입을 열었다.

"엄마는 왜 이혼 안 해요?"

그 질문은 단순한 궁금증에서 나온 것이 아니었다. 마음속 깊은 곳에서 오랫동안 억눌러왔던 의문이었다. 그의 마음속에서 그 물음은 끊임없이 맴돌았지만, 이제 더 이상 참을 수 없었다. 그럼에도 불구하고, 도윤의 목소리는 작은 속삭임처럼 흘러나왔다.

엄마는 잠시 설거지를 멈추고, 깊은 한숨을 내쉬었다. 그 숨은 마치 오래 쌓여온 피로와 무거운 생각을 내뱉는 듯했다.

"네가 있으니까."

엄마의 대답은 담담했다. 하지만 그 말은 도윤에게 예상했던 것보다 더 무겁게 다가왔다.

"너 때문에 내가 버티고 사는 거지. 자식이 있는데 어떻게 이혼해. 너만 보면서 사는 거야. 그러니까 너도 더 열심히 공부해야 한다."

그 말이 도윤의 가슴을 짓누르며, 마치 벽돌처럼 무겁게 느껴졌다. 엄마의 말 속에는 단순한 설명을 넘어, 엄마가 얼마나 힘들고 지쳐 있는지, 그리고 그 힘든 삶을 아들인 자신이 지탱하고 있다는 고백이 담겨 있었다.

도윤은 눈을 마주치지 않은 채, 설거지를 다시 시작하는 엄마의 뒷모습을 바라보며 입술을 깨물었다. 마음속 깊은 곳에서 무언가가 터져 나오려 했지만, 그는 아무 말도 할 수 없었다.

"엄마한테는 내가 무슨 짐 같아."

그 말이 입 밖으로 나올 뻔했지만, 결국 도윤은 그것을 삼켰다. 대신 그는 그릇을 싱크대에 내려놓고 다시 식탁에 앉았다. 잠시 동안 아무 말도 하지 못한 채, 고요한 분위기 속에서 마음이 계속해서 요동쳤다.

도윤은 마음속으로 조금 더 용기를 내어, 다시 한번 엄마와 대화를 시도했다. 집 안의 정적은 그에게 무겁게 다가왔지만, 어쩌면 이 말 한 마디가 그의 마음을 조금이라도 가볍게 할 수 있을지 모른다고 생각했다. 이번에는 좀 더 솔직해지기로 마음먹었다.

"엄마, 나 고민 있는데 들어줄 수 있어요?"
엄마는 잠시 멈춰서 도윤을 쳐다보았다. 그녀의 눈빛은 피곤해 보였고, 그 모습이 도윤을 더욱 조심스럽게 만들었

다. 엄마는 핸드폰을 내려놓고, 마치 그녀가 마주할 준비가
된 것처럼 말없이 도윤을 바라보았다.

 "무슨 고민인데?"

 엄마의 목소리는 차분했지만, 그 속에 묻어나는 무언가 공
허한 느낌이 도윤을 더 무겁게 만들었다. 도윤은 가슴속 깊
은 곳에 있던 말을 꺼내기 시작했다.

 "그냥 요즘 학교에서 공부도 힘들고, 집에서 싸움 소리 듣
는 것도 너무 힘들어요."

 그의 목소리는 점점 작아졌고, 그 말들은 마치 자신도 모
르게 빠져나온 진심 같았다.

 엄마는 고개를 끄덕이며 도윤의 말을 들은 듯 보였다. 그
러나 그녀의 표정은 멍한 표정이었다. 마치 도윤의 말에 완
전히 집중하지 못한 것처럼 보였다. 도윤은 그녀의 반응에
실망하지 않으려 애썼다. 그리고 다시 말을 이었다.

 "엄마, 나 그냥 좀 편안해지고 싶어요. 내 고민 좀 들어주

세요."

　도윤은 이 순간만큼은 엄마에게 이해와 공감을 받기를 간절히 바랐다. 엄마가 다가와서 그를 안아주고, "네가 힘들다는 걸 알아."라고 말해주기를 바랐다. 그러나 엄마는 눈을 감고 한숨을 내쉬며 말했다.

　"도윤아, 엄마도 힘들다. 아빠랑 사는 것도, 매일매일 버텨내는 것도 너무 힘들어. 너만 아니었으면… 그냥 다 포기했을지도 몰라."

　그 말은 도윤의 가슴을 찢어놓은 듯했다. '나 때문에 엄마가 산다'는 말은, 엄마의 삶이 자신의 존재로 얽혀 있다는 생각을 강하게 심어주었다. 마치 자신이 엄마의 족쇄인 것처럼 느껴졌다. 도윤은 그 말을 이해하기 어려웠다.

　엄마는 잠시 침묵을 지킨 뒤, 도윤의 어깨를 가볍게 두드리며 말했다.

　"그러니까 아빠란 놈이 저런 놈이니까, 너가 열심히 해서 잘 돼야지. 그래야 이 엄마도 사는 낙이 생기지 않겠니?"

　도윤은 말없이 그 자리에 앉아 있었다. 엄마의 말이 끝난 후, 그녀는 방으로 돌아갔고, 도윤은 잠시 모든 것이 무너져 내리는 느낌을 받았다. 자신의 방으로 돌아와 침대에 몸을 던지며 천장을 바라보았다. 그 순간, 속으로 물었다. '내가 열심히 한다고 이 집에서 벗어날 수 있을까? 아니면 그냥 이 짐을 지고 살아야 하는 걸까?'

정답은 없었다. 대신 엄마의 무기력한 얼굴과 '네가 있으니까'라는 말이 계속해서 떠올랐다. 그 말이 도윤을 더욱 억누르는 것처럼 느껴졌다.

그때, 아람의 목소리가 도윤의 머릿속을 스쳤다.
"너무 완벽하려고 하지 마. 그리고 가끔은 너 자신을 좀 아껴줘."

그 말은 한 줄기 빛처럼 도윤의 마음을 스쳤다. 비록 그 의미를 완전히 이해하지 못했지만, 그는 어딘가에서 작은 힘을 얻은 듯한 느낌을 받았다.

– 띠띠띠 띠리릭
저녁이 깊어져 아빠가 술자리를 끝내고 집으로 돌아왔다.

"밥 차려라, 뱃돼지 고프다."

아빠는 술에 취해 돌아오며 고함을 질렀다.

"회식에서 뭘 먹고 왔길래 배고픈데?"
"아따, 차려달라면 차려주면 될 거지 뭐 이리 말이 많노?"

집 안은 금세 엄마와 아빠의 목소리로 가득 찼다.
"술도 한 병 가져와라."
"적당히 처마시라. 술 먹고 왔으면 곱게 자라."
"이 가시나가 미쳤나, 어디서 집의 가장한테 뭐 처마시
라? 이 쌍년이."

아빠는 술만 마시면 늘 개가 되었기에 익숙한 풍경이었다.
하지만 오늘은 달랐다. 술을 평소보다 더 과음한 탓인지, 오
늘의 아빠는 단순한 미친개도, 미친 또라이도 아니었다. 아
예 인간의 탈을 쓴 괴물이 되어버린 것 같았다.
"내가 얼마나 힘들게 살고 있는데, 당신은 도대체 뭐라도
해봤어? 하루라도 도윤이 걱정, 돈 걱정 해본 적 있어?"
엄마의 날카로운 목소리가 벽을 뚫고 도윤의 방까지 울려
퍼졌다.

"내가 한 달에 벌어오는 돈이 얼만데, 그걸 어데 다 써삐고

돈 걱정을 하노? 그리고 도윤이는 니가 알아서 키워야지. 내
가 키우나, 어?"

아빠의 목소리는 점점 거칠어지며 방 안 공기를 찢는 듯
날카로워졌다.

"돈 걱정을 안 하게 해줬어야지! 매일 술 퍼마시고 들어와
서 사람 패고 물건 부수고 난리 치는 게 아빠가? 그게 사람이
냐? 깡패지!"

엄마의 목소리는 떨림을 머금었지만, 분노와 억울함이 묻
어났다.

"니 오늘 진짜 단단히 미쳤네. 그래, 오늘 끝내자! 내가 네
년부터 오늘 끝장을 낸다!"

아빠가 테이블을 내리쳤는지 쿵 소리가 크게 울렸다. 도윤
의 방 천장까지 흔들리는 듯했다.

아빠의 분노가 울려 퍼졌다.

도윤은 이불 속으로 몸을 말아 귀를 막았다. 하지만 그 소
음은 여전히 머릿속에 들려왔다. 싸움의 소리와 함께 도윤의
마음은 점점 더 무너져갔다.

"그만 좀 해!"

속으로 소리쳤지만 그 소리조차 그에게는 벗어날 수 없는
감옥처럼 느껴졌다.

도윤은 눈을 감고, 머릿속에서 그 싸움의 소리와 갈등이
끝없이 반복되는 장면을 떨쳐내려 했다. 하지만 그럴수록 마
음은 더 무겁고, 불안은 깊어졌다. 그는 더 이상 참을 수 없
었다. 극도의 스트레스를 느낀 도윤은 갑작스러운 충동에 서
랍 속에서 작은 칼을 꺼냈다. 희미한 불빛에 반짝이는 칼날
이 손끝에 닿았고, 한동안 그는 그것을 멍하니 바라보았다.
팔을 올리고 칼끝을 피부 가까이에 가져다 댄 순간, 문득 며
칠 전 옥상에서 아람과 나눈 대화가 떠올랐다.

이어폰을 끼고 로안의 노래를 듣던 아람의 표정은 여전히
생생했다. 반짝이는 눈으로 웃으며 그녀는 말했다.

"이 노래, 진짜 좋아. 들으면 마음이 편안해져."

그 말은 마치 희미한 불빛처럼 도윤의 어두운 마음에 스며
들었다.

'노래가 나한테도 효과가 있을까?'

그의 손은 어느새 핸드폰을 향하고 있었다. 유튜브에 로안의 이름을 검색하자 화면에 나타난 그의 얼굴이 따뜻한 미소로 도윤을 맞이했다. 주저 없이 재생 버튼을 눌렀다.

부드러운 멜로디가 이어폰 너머로 흘러들어왔다. 로안의 따뜻하고 다정한 목소리가 마치 그의 어깨를 토닥이며 속삭이는 것 같았다.

♬♪ 무너진 모든 걸 뒤로 한 채 you, 일어서려 애쓸 필요는 없어 stop it ♪♬

도윤은 노래가 흘러나오는 동안 가슴 깊숙한 곳에서부터 무언가 조금씩 풀리는 느낌을 받았다. 마비된 듯 얼어붙었던 몸이 서서히 녹아내리고, 팽팽했던 신경이 하나둘 진정되기 시작했다. 그는 깊게 숨을 들이마셨다. 숨이 가라앉을 때마다 그를 짓누르던 무거운 돌이 조금씩 옅어지는 것 같았다.

♬♪ 가슴 속에 남은 상처도 fade, 살아가는 것만으로 충분해 babe ♪♬

노랫말은 도윤의 마음 깊은 곳을 어루만지는 듯했다. '살아가는 것만으로도 충분하다'는 단순한 문장이 이상하게도 묵직하게 다가왔다. 마치 그 말을 기다리고 있었던 것처럼. 문득 아람의 미소가 떠올랐다. 이어폰 너머로 들려오는 로안의 목소리가 아람의 따뜻한 한마디와 겹쳤다. "너무 완벽하려고 하지 말고, 가끔은 자신을 아껴야 해."

그 말이 가슴속에서 또렷하게 울려 퍼졌다. 마음속에서 무언가 조금씩 녹아내리는 것 같았다. 긴장이 풀리면서 억눌려 있던 감정이 흘러나오는 것처럼, 도윤은 오랜만에 편안함이라는 감각을 느꼈다.

노래가 끝나갈 무렵, 집안에서 들려오던 싸움 소리도 차츰 사그라들었다. 여전히 완전히 가라앉지 않은 마음속 소음도 음악과 함께 잠잠해졌다. 도윤은 조용히 이어폰을 귀에서 빼고, 핸드폰을 옆에 내려놓았다. 세상은 다시 고요 속으로 들어갔다.

그는 눈을 감았다. 음악이 만들어낸 작은 평온 속에서, 도윤은 온전히 숨을 고를 수 있었다. 이 평온이 오래 가지 않을 것을 그는 알았다. 내일이 오면 또다시 불안과 싸워야 할지도 모른다. 하지만 지금은 달랐다. 오늘 밤만큼은 이 고요함을 마음껏 누릴 수 있었다.

속으로 도윤은 조용히 다짐했다.

"조금씩 살아가 보자. 너무 애쓰지 말고, 천천히. 그렇게 하루씩 버텨보는 거야."

그렇게 마음속 다짐과 함께 도윤은 이불을 덮었다. 어두운 방 안에서 눈을 감은 그의 얼굴은 한결 평온해 보였다. 그는 그 고요 속에서 더 나은 내일을 꿈꿨다. 그리고 그것만으로도 충분히 의미가 있었다.

4. 입덕부정기

노래의 힘은 마치 보이지 않는 실처럼 마음을 감싸고 이어준다. 그것은 단순히 귀를 스치는 멜로디가 아니라, 기억 속에 숨겨진 상처와 지금의 고통을 끌어내어 조용히 위로로 바꾼다. 그날 밤, 도윤은 싸움의 소음 속에서 처음으로 로안의 목소리를 들었다. 그의 노래는 낯설었지만, 싸늘한 공기를 헤치고 그의 가슴속으로 스며들었다.

'살아가는 것만으로 충분해 babe'

가사의 한마디가 도윤의 마음속 깊은 곳에서 조용히 울려 퍼졌다. 그날 밤 이후로도 집안의 싸움은 끝나지 않았다. 엄마와 아빠의 고성과 부딪히는 소리, 깨지는 유리잔의 날카로운 울림은 계속해서 그를 에워쌌다. 하지만 도윤은 더 이상 손목에 칼을 대지 않았다. 대신 이어폰을 귀에 꽂았다. 로안의 목소리가 흘러나왔고, 그의 부드럽고 따뜻한 음색이 모든 고통과 분노를 밀어내듯 도윤의 마음을 조용히 채웠다.

♩♩ 애쓰지 말고 내려놔 줘, 견디지 말고 쉬어가 줘 ♩♩

도윤에게 로안의 노래는 한 줄기 빛이었다. 누구도 알지 못했지만, 그 목소리는 가장 절실한 순간에 다가와 그를 붙잡아 주었다. 삶은 여전히 고단하고 어두웠지만, 도윤은 노래 속에서 자신을 지탱할 작은 기둥 하나를 발견했다.

"너, 뭐 듣고 있어?"

점심시간에 도윤이 조용히 옥상으로 향했을 때였다. 벽에 기대 이어폰을 끼운 채 하늘을 바라보던 그의 옆으로 아람이 다가왔다. 아람은 도윤의 이어폰 한쪽을 뽑아 자신의 귀에 꽂더니 익숙한 멜로디에 고개를 끄덕였다

"로안이네? 그런 거 왜 좋아하냐면서 한심하게 보더니 결국 너도 로안 오빠한테 빠졌구나!."

"아니야, 그냥… 가끔 듣는 거야." 도윤은 서둘러 부정했다.

아람은 미소를 띠며 그를 흘긋 쳐다보았다.

"그렇게 시작하는 거야. 입덕부정기. 네 표정 보면 딱 알겠는데?"

도윤은 뭐라 변명할 말을 찾지 못하고 고개를 돌렸다. 하지만 마음속에서는 이미 자신도 부정할 수 없는 감정이 자라나고 있었다.

로안의 노래가 도윤의 일상에 스며든 것은 처음에는 단순한 위로였다. 그가 부른 노래 속 가사와 멜로디는 도윤에게 여유를 주었고, 그 속에서 잠시나마 고통을 잊을 수 있었다. 매일 반복되는 공부와 학원, 그리고 집안에서 벌어지는 싸움 속에서 그는 지쳐가고 있었다. 하지만 로안의 목소리는 그 어떤 어려운 순간에도 도윤을 찾아와줬다. 그는 그의 마음속에 숨겨진 상처를, 고통을 이해하는 것 같았다.

그날도 어김없이 학원을 마친 도윤은 지친 몸을 이끌고 집에 돌아왔다. 평소와 다를 것 없는 밤이었다. 책상에 앉아 다시 공부를 시작하려 했지만, 집중은 좀처럼 되지 않았다. 책장을 넘기며 눈을 붙여보려 했지만, 머릿속은 온통 로안의

목소리로 가득 차 있었다. 그의 가사 하나하나가 마음속 깊은 곳에서 맴돌며 그를 놓아주지 않았다

"아, 왜 이렇게 정신이 없지?" 도윤은 이마를 문지르며 한숨을 쉬었다. 다시 책에 눈을 돌려보았지만, 글자가 제대로 들어오지 않았다. 어딘가 공허한 기분이 몰려왔다. 마치 무언가를 붙잡고 싶은데 손이 닿지 않는 느낌이었다.

결국, 그는 펜을 내려놓고 조용히 이어폰을 꺼내 로안의 노래를 틀었다. 그 순간, 익숙한 멜로디가 흘러나오며 그의 답답했던 마음을 천천히 풀어주는 듯했다.

"뭐야, 이거 진짜 멋있다." 도윤은 유튜브에서 우연히 발견한 콘서트 영상을 보고 잠시 멈칫했다. 화면 속에서 로안은 무대 한가운데 서서 간절하게 노래를 부르고 있었다. 그의 목소리는 가슴 깊숙이 닿았고, 그 열정적인 모습은 도윤이 상상했던 것과는 다른, 진지하면서도 강렬하게 다가왔다.

"아씨, 큰일났다. 시간이 너무 흘렀네." 도윤은 깜짝 놀라며 시계를 확인했다. 처음에는 '잠깐만' 하며 클릭했던 영상이었는데, 어느새 두 시간이 훌쩍 지나 있었다. 로안의 노래

는 단순히 음악의 선율을 넘어 도윤의 마음 속 깊은 곳까지
울리며 시간을 잊게 만들었다. 노래 속에서 전해지는 감정은
도윤이 오래도록 방치해두었던 아픔들을 어루만졌다.

"아 몰라, 오늘 공부는 글렀어." 도윤은 핸드폰을 내려놓으
려 했지만, 그럴 수 없었다. 로안의 목소리, 무대에서 발산되
는 압도적인 카리스마, 그리고 그가 부른 노래 속 감정선은
도윤을 완전히 사로잡았다. 그 순간, 로안의 모든 영상들이
도윤에게 중요한 일부처럼 느껴졌고, 그 속에서 잠시나마 답
답함에서 벗어난 듯한 기분을 느꼈다. 로안이 노래할 때마다
도윤은 자신도 모르게 마음이 편안해지는 걸 느꼈다.

🎵🎶 조금 어지러울 땐 내 손을 잡아줘 woo hoo 🎵🎶

화면 속 로안의 목소리와 메시지는 따스한 위로처럼 도윤
의 마음을 어루만졌다. 그의 진지한 말들, 그리고 그가 부른
노래 속에서 전해지는 감정선은 도윤에게 예상치 못한 영향
을 미쳤다. 그저 노래가 좋았던 것일 뿐이라고 생각했지만,
그 안에 숨겨진 감동이 도윤을 점점 더 끌어당겼다.

"이 감정은 뭘까… 처음 느껴보는 감정이야." 도윤은 순간

적으로 중얼거렸다. 알 수 없는 호기심과 감동이 섞인 감정
이 그의 마음 속에서 일렁였다.

"그냥, 그냥 노래가 좋아서 그런 거지." 도윤은 자신에게
그렇게 말하며 혼란스러운 표정을 지었다. 순간, 그는 자신
이 느끼는 감정이 무엇인지 명확히 알 수 없었다. 아람처럼
팬이 된 것은 아니었지만, 로안의 목소리와 무대 위에서의
모습은 이상하게 눈을 뗄 수 없게 만들었다. 그가 전하는 감
정, 그리고 그 감정이 마음 깊숙이 닿는 것에 도윤은 조금씩
매료되어 갔다.

"그냥… 그냥 노래가 좋다. 그게 다야." 도윤은 스스로에게
다시 한번 되뇌며 또 다른 영상을 클릭했다. 화면 속에서 진
행자가 웃으며 말하는 장면이 나타났다.

"요즘 최고 인기 그룹이죠. 포리아의 리더 로안 씨와 함께
인터뷰 진행해 보겠습니다!" 진행자가 웃으며 말하자, 로안
은 카메라를 향해 인사를 건넸다.

"안녕하세요, 포리아 로안입니다." 로안은 작은 미소를 지
으며 자리에 앉았다.

"최근 많은 사랑을 받고 있는 로안 씨, 어떻게 지내고 계신가요?" 진행자가 미소를 지으며 질문을 던졌다. 로안은 잠시 생각하다가 대답했다.

"음, 잘 지내고 있어요. 사실 요즘 많이 바쁘고 힘들긴 한데, 팬 여러분들의 사랑이 큰 힘이 되고 있어요. 팬분들이 보내주시는 응원과 애정이 저를 버티게 해주는 가장 큰 원동력이에요. 그 덕분에 하루하루 열심히 살아가고 있습니다."

그가 전하는 이야기 속 진지한 목소리는 도윤에게 신뢰감을 주었고, 그 진심이 담긴 말에 조금씩 끌리게 되었다. 아직까지 로안은 그에게 완전히 빠져들지 않은 존재였지만, 그의 메시지와 그 안에서 담긴 감정은 도윤에게 점점 더 큰 의미를 가지기 시작했다.

"혹시 그룹 활동을 하시면서 가장 기억에 남는 순간이 있다면 언제일까요?" 진행자가 또 물었다.

도윤은 잠시 웃으며 말했다. "가장 기억에 남는 순간이라면, 우리 첫 번째 앨범이 나왔을 때요. 그때 정말 많이 울었어요. 처음엔 우리가 이렇게 큰 사랑을 받을 거라고 상상도 못 했고, 멤버들과 그런 순간을 함께하게 된 게 너무 감동적이었어요."

영상 속에서 진행자가 로안에게 미소를 지으며 물었다. "로안 씨는 늘 웃는 모습으로 팬들에게 에너지를 주시잖아요. 하지만 힘든 순간이 분명 있었을 것 같은데, 그런 시간은 어떻게 견뎌내셨나요?"

로안은 잠시 생각에 잠기더니 부드럽게 입을 열었다. "음… 사실 모든 게 버겁다고 느껴질 때가 많았어요. 그럴 때마다 스스로에게 말을 걸었죠. '괜찮아, 지금은 힘들어도 결국엔 지나갈 거야.' 그렇게 나 자신을 다독이다 보면, 이상하게 조금씩 괜찮아지더라고요."

진행자가 고개를 끄덕이며 맞장구를 쳤다. "정말 많은 분들에게 도움이 되는 말씀 같아요. 저도 가끔은 그런 말을 스스로에게 해야 할 것 같네요."

로안은 살짝 미소를 지으며 대답을 이어갔다. "저는 사실 완벽주의자인 편이에요. 그래서 늘 스스로에게 더 높은 기준을 요구하곤 했죠. 하지만 완벽하려고 애쓰는 건 때론 나 자신을 너무 힘들게 만드는 것 같더라고요. 그래서 스스로에게 이렇게 말하려고 노력해요. '너무 완벽하지 않아도 괜찮다.

지금 하고 있는 것만으로도 충분히 잘하고 있다.' 사실, 세상에 완벽한 사람은 없잖아요? 우리가 그 자리에 서 있다는 것만으로도 이미 충분히 대단한 거라고 생각해요."

진행자는 로안의 이야기를 듣고 감탄한 듯 말했다. "그 말씀이 정말 위로가 되네요. 완벽하려고 애쓰다가 스스로를 괴롭힌 경험, 사실 저도 해봤거든요. 팬들도 로안 씨 말씀에 큰 용기를 얻을 것 같아요."

로안은 고개를 끄덕이며 따뜻한 미소를 지었다. "감사합니다. 저도 그 사실을 깨닫기까지 시간이 좀 걸렸어요. 저처럼 스스로에게 너무 많은 걸 요구하는 분들이 있다면, 조금 더 자신을 아껴주셨으면 좋겠어요. 가끔은 힘들어도 괜찮고, 완벽하지 않아도 충분히 잘하고 있는 거니까요."

화면을 보던 도윤은 무심코 로안의 말에 귀를 기울이며 속으로 중얼거렸다. '완벽주의자라니… 나랑 똑같네.' 그는 로안이 자신과 같은 고민을 하고 있다는 사실에 묘한 동질감을 느꼈다. 완벽을 추구하다 지쳐본 경험, 그리고 그 과정에서 느낀 무력함이 그의 말 속에 담겨 있었다.

"멋있다…" 도윤은 혼잣말처럼 내뱉었다. 단순히 멋있어서 가 아니었다. 로안의 말 속에 담긴 진심이 그를 움직였고, 그 순간 도윤은 어쩌면 이 사람이 자신이 알지 못했던 작은 위로를 줄지도 모른다고 생각했다.

진행자는 다시 한번 미소를 지으며 말을 이었다. "정말 감동적인 이야기네요. 팬들은 물론이고, 듣는 사람 모두에게 큰 힘이 될 것 같아요. 앞으로도 계속해서 멋진 음악과 메시지를 전해주세요!"

로안은 고개를 숙이며 감사의 뜻을 표했다. "감사합니다. 항상 팬들에게 받은 사랑을 되돌려줄 수 있도록 열심히 하겠습니다."

로안의 목소리와 메시지는 화면 밖에서도 따스한 위로처럼 도윤의 마음을 어루만졌다. 그가 전하는 이야기와 그 속에 담긴 진심은 단순히 멋진 아이돌의 이미지와는 다른, 더욱 깊은 감동을 전해주고 있었다.

도윤은 그 순간, 로안이 단순히 화려한 무대 위에서 빛나는 스타가 아니라, 자신과 같은 고민을 안고 살아가는 사람임을 깨달았다. 그의 노래와 말에 담긴 감정은 마음 한구석에 작은 위로의 씨앗을 심었고, 도윤은 그 사실만으로도 어딘가 위안이 되는 기분이었다.

+++

다음 날, 다시 학교 옥상.

늦겨울의 햇살이 옥상을 부드럽게 감싸고 있었다. 도윤은 벽에 기대어 적막스러운 겨울 하늘을 바라보고 있었고, 아람은 그의 옆에서 턱을 괴고 핸드폰을 만지작거리고 있었다. 익숙한 고요 속에서 둘은 각자의 방식으로 시간을 보내고 있었다.

도윤이 잠시 망설이더니 조용히 입을 열었다.

"아람아."

그가 진지하게 부르자, 아람은 핸드폰을 내려놓고 고개를 돌려 그를 바라보았다.

"왜? 무슨 일 있어?"

도윤은 하늘을 잠시 올려다보다가 고개를 숙이며 작게 말했다.

"나… 로안 팬이 될까 봐."

뜻밖의 고백에 아람은 눈을 동그랗게 뜨더니, 이내 작게 웃음을 터뜨렸다.

"뭐야? 너, 아이돌에 관심 없다고 하지 않았어?"

도윤은 머리를 긁적이며 멋쩍게 웃었다.

"그랬지. 그런데… 어쩌다 보니까 로안 영상도 보고, 노래도 들었는데… 뭔가 좀 다르더라. 그냥 듣다 보니까 내가 위로받는 기분이었어."

아람은 흥미롭다는 듯 자세를 고쳐 앉으며 물었다.

"진짜? 어떤 부분에서 그렇게 느낀 건데?"

도윤은 한참을 고민하더니 말을 이었다.

"인터뷰를 우연히 봤는데, 거기서 자기가 완벽주의자라고 하더라고. 그 말 듣는데… 묘하게 동질감이 느껴졌어. 완벽하려고 애쓰다가 스스로를 괴롭혔다고 하던데, 나도 늘 그래왔거든. 스스로를 몰아붙이고, 내가 더 잘해야 한다고 생각하면서…."

그는 잠시 말을 멈췄다가 이어갔다.

"근데 로안은 그런 자신을 조금씩 다독이는 법을 배웠대. 그걸 들으니까, 나도 그러고 싶어지더라. 그의 노래를 듣고 있으면, 마치 내가 혼자가 아니라는 걸 말해주는 것 같았어."

아람은 조용히 그의 이야기를 듣고 있었다. 도윤은 평소 자기 마음을 드러내지 않는 사람이었다. 그가 이렇게 솔직하게 속마음을 털어놓는 모습이 새삼 낯설면서도 반가웠다.

"도윤아." 아람이 부드럽게 말했다. "너 정말 대단하다."

도윤은 고개를 들어 그녀를 바라봤다.

"뭐가?"

"네가 힘들었다는 걸 인정하고, 네가 뭔가를 좋아한다고 말하는 거… 그거 쉽지 않은 일이잖아. 네가 이렇게 솔직해질 수 있다는 게 정말 멋져."

도윤은 살짝 미소를 지었다.

"그래도 좀 이상하지 않아? 남자가 남자 아이돌 좋아하는 게."

아람은 고개를 저으며 단호히 말했다.

"이상한 게 아니야. 좋아하는 건 네 마음을 더 잘 돌봐주는 거잖아. 그리고 네가 위로받을 수 있는 걸 찾았다는 게 난 너무 좋아. 너 요즘 많이 힘들어 보였잖아. 그래서 더 기뻐."

도윤은 그녀의 말에 잠시 침묵하더니 조용히 웃었다.

"그런 거라면… 나도 이제 진짜 팬이 된 것 같아."

아람은 환하게 웃으며 그의 어깨를 가볍게 쳤다.

5. 덕질의 첫걸음

도윤은 방 안에 홀로 앉아 이어폰을 꽂고 로안의 음악에 집중하고 있었다. 부드러운 멜로디와 따뜻한 목소리가 그의 마음을 어루만지며, 현실에서 잠시 벗어나게 해주는 기분이었다. 음악이 흐를 때마다 마음속 깊이 자리 잡은 걱정과 불안이 조금씩 녹아내리는 듯했다.

"이 노래, 정말 좋아…." 도윤은 눈을 감으며 혼잣말을 했다. 로안의 목소리가 그를 감싸 안으며, 세상이 멈춘 듯한 평온함이 찾아왔다. 손끝으로 리듬을 타며, 그는 자연스럽게 미소를 지었다. 그러나 이 평화는 오래가지 않았다.

갑작스럽게 문이 열리는 소리가 들렸다. 도윤은 움찔하며 이어폰을 급히 빼고 책상 위로 시선을 돌렸다. 얼굴이 굳어지는 것도 잠시, 그의 심장은 빠르게 뛰기 시작했다. 문가에서 있는 엄마의 모습이 보였다.

"도윤아, 공부하고 있니?" 엄마의 목소리가 방 안에 울렸다. 도윤은 당황한 기색을 감추려 황급히 책을 펼치고 손을 그 위에 올렸다. "네, 엄마! 공부 중이에요!" 그는 최대한 태연한 척했지만, 목소리에는 떨림이 섞여 있었다.

엄마는 방 안을 천천히 둘러보며 눈을 가늘게 떴다. 도윤은 무의식적으로 책장을 넘기는 시늉을 하며, 심장이 쿵쾅거리는 소리를 숨기려 애썼다. 엄마의 시선이 자신에게 고정된 걸 느끼자, 가슴이 조여 오는 듯한 기분이었다.

"그래, 열심히 해." 엄마는 짧게 한숨을 쉬고는 방을 나갔다. 문이 닫히는 소리가 들리자, 도윤은 그제야 긴 숨을 내쉬었다. 손목을 눌러 뛰는 맥박을 진정시키려 했지만, 손은 여전히 떨렸다. 방 안은 금세 고요해졌고, 도윤은 침착함을 되찾으려 깊게 숨을 들이마셨다.

"휴… 너무 가까웠다." 도윤은 작게 중얼거리며 어깨에 힘을 뺐다. 잠시 눈을 감고 긴장을 풀던 그는 침대 위에 던져진 이어폰을 다시 집어 들었다. 그 작은 기계가 손안에 쥐어지자, 한순간 모든 것이 멀어지는 듯했다.

귓가에 흐르는 로안의 목소리는 마치 세상 모든 소음을 잊게 해주는 마법 같았다. 그의 음성은 부드럽고, 깊고, 그 무엇도 들어오지 못할 벽처럼 도윤을 감쌌다. 음악이 그의 목소리를 따라 흐르며, 그의 불안은 서서히 녹아내렸다. 가슴 속의 조급함이 멈추고, 마음은 점차 가벼워졌다. 그 순간만큼은, 모든 것이 멈춘 듯했다

'이 순간만큼은 아무것도 나를 방해할 수 없어,' 도윤은 그렇게 믿었다.
하지만 그 평화는 결국 깨지고 말았다.

"도윤아." 문이 다시 열리며 엄마가 방 안으로 들어왔다. 엄마는 잠시 침묵한 뒤 방을 둘러보았다. 책 위로 흘러내린 이어폰 줄이 그녀의 눈길을 사로잡았다.

"음악 듣고 있었니?" 엄마의 목소리는 담담했지만, 그 안에는 단단한 울림이 느껴졌다. 도윤은 당황해 손으로 이어폰 줄을 가렸다.

"아니야, 엄마. 잠깐…" 그의 말은 끝까지 이어지지 못했다. 엄마의 표정은 묵직한 침묵으로 가득 찼다. 도윤은 그 눈빛에서 무언의 메시지를 읽었다. 엄마는 이미 모든 걸 알고 있었다.

방 안의 공기가 무겁게 가라앉았다. 엄마는 잠시 머뭇거리다 문 앞에 멈춰 섰다. "알아. 네가 아이돌 좋아하는 거." 그녀는 담담히 말했다. "하지만 지금은 공부가 더 중요하잖니."

도윤은 입술을 깨물며 시선을 바닥에 떨궜다. 엄마의 말이 틀린 건 아니었다. 하지만 로안의 음악은 그에게 단순한 취미 이상이었다. 그것은 위로였고, 도피처였으며, 혼란스러운 현실 속에서 유일하게 그를 이해해 주는 친구 같았다.

엄마는 한숨을 쉬며 조용히 방을 나갔다. 문이 닫히는 소리가 들렸지만, 이번에는 훨씬 더 무겁게 느껴졌다. 도윤은 이어폰을 손에 쥔 채 멍하니 서 있었다. 음악을 다시 틀어야 할지, 아니면 책을 봐야 할지 망설였다. 그는 잠시 머뭇거리다 이어폰을 내려놓고 책을 집어 들었다.

그러나 마음속 깊은 곳에서, 로안의 목소리는 여전히 선명히 울리고 있었다.

+++

다음 날 학교

도윤은 점심시간이 끝난 뒤 책상에 엎드려 이어폰을 끼고 로안의 노래를 듣고 있었다. 평소라면 교과서를 펴놓고 공부를 하거나 문제를 풀고 있었겠지만, 오늘은 왠지 여유를 부려도 괜찮을 것 같았다.

그때 담임선생님의 따스한 목소리가 교실에 울려 퍼졌다.

"도윤아, 요즘 웃는 얼굴이 많네. 무슨 좋은 일이라도 있어?"

책상 위에 엎드려 있던 도윤은 순간 놀라며 고개를 들었다. 손에는 여전히 휴대폰이 쥐어져 있었고, 화면에는 자신이 좋아하는 아이돌, 로안의 콘서트 무대 영상이 재생되고 있었다. 그는 황급히 휴대폰을 꺼 가방 속에 숨기며 얼버무렸다.

"아, 아무것도 아니에요…."

하지만 도윤의 어색한 웃음과 붉어진 얼굴은 무언가 숨기고 있다는 걸 말하지 않아도 드러내고 있었다. 선생님은 살짝 고개를 갸웃하며 도윤을 바라보다가, 이내 미소를 지으며 물었다.

"혹시 아이돌 보고 있었니? 도윤이도 아이돌 좋아했구나?"

도윤은 눈이 커지고 얼굴이 더욱 빨개졌다. 당황한 그는 고개를 숙이며 더듬거렸다.
"아, 그게…."

머릿속이 복잡해졌다. 엄마처럼 선생님도 자신에게 실망할까 봐 걱정이 앞섰다. 그동안 공부에만 매진하던 자신이 갑자기 아이돌에 빠졌다고 하면, 선생님은 아마 못마땅하게 여기지 않을까?

그러나 선생님의 반응은 도윤의 예상과는 완전히 달랐다.
"괜찮아, 도윤아. 그런 취미가 생기는 것도 자연스러운 일이야. 공부만 하는 게 전부가 아니니까, 좋아하는 것을 찾는 것도 중요한 거지."

도윤은 놀란 표정으로 고개를 들었다. 선생님의 표정은 따뜻하고 다정했다.
"도윤이가 웃는 모습을 보니, 선생님도 기분이 너무 좋다. 요즘 열심히 공부하느라 힘들었을 텐데, 이렇게 좋아하는 걸 찾았다니 다행이야."

그 순간, 도윤의 마음속 불안감이 눈 녹듯 사라졌다. 자신이 좋아하는 것을 숨길 필요가 없다는 생각에 안도감이 들었다. 선생님의 말에 용기를 얻은 도윤은 조심스레 웃으며 입을 열었다.

"사실… 제가 요즘 로안이라는 아이돌을 정말 좋아하게 됐어요. 목소리도 너무 좋고, 노래도 너무 좋고, 힘들 때 들으면 위로가 돼요. 그러면 힘이 나더라고요."

선생님은 고개를 끄덕이며 따뜻한 미소를 지었다.
"좋아하는 취미가 생겼다는 건 큰 힘이 되지. 그리고 그런 긍정적인 에너지가 공부나 일상에도 좋은 영향을 줄 수 있어."

도윤은 가슴이 벅차오르는 것을 느꼈다. 자신의 새로운 취미를 이해하고 응원해 주는 선생님의 말이 큰 위로가 되었다. 그는 밝은 미소를 띠며 고개를 끄덕였다.
"네, 선생님. 앞으로도 열심히 좋아할게요!"

교실 창밖으로 비친 햇살처럼, 도윤의 마음도 한결 따스해졌다. 같은 날 오후, 도윤과 아람은 학교 옥상에서 따스한 햇살을 받으며 쉬고 있었다. 도윤은 한 손에 음료수를 들고, 아람은 햇살 속에서 바람을 느끼며 여유를 즐기고 있었다. 부드럽게 불어오는 바람이 두 사람의 머리카락을 흩날렸다.

"도윤아, 덕질에도 단계가 있어."
아람이 갑자기 입을 열었다.

"단계?" 도윤은 고개를 갸웃하며 아람을 바라봤다.
"뭐, 그게 뭔데?"

아람은 자신만만한 표정으로 손가락을 하나씩 접으며 설명을 시작했다.
"첫 번째는 그냥 음악만 듣고, 영상도 보고, 직캠도 찾아보는 거야. 그때는 단순히 좋아하는 마음만 있는 거지. 근데 점점 깊어지면, 팬카페 가입하거나 앨범 사고 굿즈를 모으는 '소비 덕질' 단계가 돼."

"굿즈? 앨범?" 도윤은 살짝 놀라며 되물었다.
"응, 그리고 그다음엔 팬미팅이나 콘서트 같은 실물 영접의 순간을 꿈꾸는 거야. 진짜 이게 또 다른 차원의 행복이거든!"
아람은 열정적으로 말을 이어갔다. 도윤은 그 이야기를 들으며 덕질이라는 세계가 얼마나 방대하고 다채로운지 새삼 깨달았다.

"와…. 뭐가 엄청 많네? 굳이 이렇게까지 해야 하는 건가?"

"굳이? 아니, 진짜 행복하니까 하는 거지! 너도 한번 해보면 알게 될걸?"

아람이 건넨 화면 속에서 팬들이 준비한 응원봉과 슬로건, 정성껏 만든 팬아트가 도윤의 눈에 들어왔다. 그는 그들의 열정에 놀라움을 느끼면서도 마음 한구석에는 복잡한 감정이 자리 잡았다.

"근데 난 그렇게까지 하고 싶지는 않아. 그리고… 남자라서 같은 남자 아이돌 좋아한다고 하면 사람들이 이상하게 볼 것 같아."

도윤은 말을 멈추고 한숨을 쉬었다. 남자가 남자 아이돌을 좋아한다는 이유로 받을 수 있는 시선과 반응이 떠올라 괜스레 불안해졌다.

남성 팬들은 여전히 남자 아이돌 팬덤 안에서 소수로 여겨졌다. 특히 그가 사는 사회에서는 남자가 남자 아이돌을 좋아하는 것을 낯설게 바라보는 편견이 남아 있었다.

"난 그냥 음악이 좋아서 듣는 건데, 사람들이 괜히 이상하게 생각할까 봐 걱정되네…."

도윤은 덕질에 대한 흥미와 사회적 시선 사이에서 갈등하고 있었다. 하지만 그럼에도 불구하고, 그는 그 아이돌의 노래가 주는 위로를 놓을 수 없었다.

그때 옆에서 듣고 있던 아람이 웃음을 터뜨리며 말했다.

"이상하긴 뭐가 이상해? 여자도 여자 아이돌 좋아하는데, 남자도 똑같은 거지! 다들 좋아하는 것에 열정을 가지는 거야. 덕질도 그중 하나일 뿐이야."

아람은 신나서 말을 이어갔다.
"그리고 그냥 화면으로 보다가 실제로 보는 건 진짜 다른 차원이야! 너도 콘서트나 팬미팅 가서 직접 라이브로 듣고 싶지 않아? 그리고 사실 도윤이 실물 완전 갑이거든!"

도윤은 머릿속이 복잡했다. 사실 처음에는 그냥 음악을 듣고 좋아하는 정도였지만, 아람이 말하는 세상은 너무 다채롭고 넓은 것 같았다. 그러나 점점 그 속에 빠져들면 안 되겠다고 스스로 다짐했지만, 마음 한편에서는 이어폰을 통해 듣는 음성과는 또 다른 느낌의 실제 목소리를 듣고 싶은 마음이 조금씩 들었다.

그때 아람이 갑자기 눈을 반짝이며 말했다.

"도윤아, 다음 달에 로안이 팬미팅, 같이 갈래? 다음 주 티켓 예매가 좀 힘들겠지만, 그래도 기회가 있을 수도 있잖아!"

도윤은 깜짝 놀라서 아람을 쳐다봤다. 머릿속이 잠시 멈춘 듯했다. 로안, 그가 좋아하는 아이돌 로안의 팬미팅이라니. 처음엔 믿기지 않는 말이었다. 평소에는 그냥 화면으로, 무대에서의 모습으로만 보던 그를 실제로 만나볼 수 있다니. 하지만 동시에 망설임도 있었다. "팬미팅에? 나도 갈 수 있을까?" 도윤은 마음속으로 긴장이 올라오는 걸 느꼈다. 갑자기 이런 중요한 순간이 다가오니까 왠지 떨리고, 뭔가 부담스러워졌다. 그는 그런 상황을 잘 다룬 적이 없었다.

아람은 도윤의 반응을 보며 웃으며 대답했다.

"당연히 갈 수 있지! 이번 기회를 놓치면 아마 다시 이런 기회는 없을 거야. 아마 너도 나처럼 설렐 거야. 생각해 봐, 우리가 직접 로안을 만날 수 있는 거야. 그건 그냥 상상만 해도 대박 아니냐?"

도윤은 아람의 말에 조금씩 마음이 풀리기 시작했다. 그가 말한 대로, 이런 기회가 다시 올지 모르니까, 한 번쯤은 도전해 보는 것도 괜찮을 것 같았다. 게다가 팬미팅이라는 거, 얼마나 특별한 경험일까? 실제로 로안을 만나고, 그의 목소리를 라이브로 들을 수 있다는 생각만으로도 심장이 뛰었다.

"좋아! 나도 가고 싶어. 같이 가자, 아람아!" 도윤은 조금더 확신을 가지게 된 듯, 미소를 지으며 말했다. 아람은 그말에 반가운 듯한 웃음을 지으며 도윤의 손을 꽉 잡고는 하이파이브를 했다.

"그래! 이제 정말 멋진 경험을 하게 될 거야. 우리가 덕질의 첫 번째 진짜 여정을 시작하는 거잖아!" 아람은 너무 기뻐서 소리 없이 껑충껑충 뛰는 듯한 기분을 느끼며 말했다.

도윤의 마음속엔 설렘이 가득 차올랐다. 이제 그는 더 이상 자신의 취미를 숨길 필요가 없다고 느꼈다.

6. 도윤의 첫 번째 팬미팅

아이돌 팬에게 있어 콘서트와 팬미팅은 단순한 공연 이상의 의미가 있다. 그들을 스크린 너머로만 보던 시절을 지나, 이제는 그들과 가까운 곳에서 그들의 음악을 함께 나누는 순간. 아티스트와 팬들이 하나 되어 만들어가는 그 특별한 경험은 마치 다른 세상에 있는 것 같은 기분을 준다. 관객들의 함성과 박수 소리, 팬들이 함께 부르는 노래는 그 자체로 하나의 거대한 울림을 만들어낸다. 무대 위의 아티스트가 자신을 표현하는 순간, 팬들은 그들의 열정과 에너지를 받아들여 함께 춤추고, 웃고, 울며 하나가 된다. 그 속에서 아티스트와 팬은 서로의 존재를 실감하며, 음악이라는 언어로 진정한 소통을 한다.

그래서 공연을 간다는 건 단순히 공연장을 찾는 일이 아니라, 아이돌과 자신만의 음악을 만드는 일처럼 느껴진다. 매번 다르게 느껴지는 그 무대에서, 팬들은 자신만의 추억을 쌓아가고, 아티스트는 그들의 사랑과 응원을 통해 더욱 빛난다. 공연은 그저 음악을 듣는 자리가 아니라, 그 음악을 함께 경험하며, 서로를 향한 감정을 나누는 소중한 시간이다. 이 특별한 경험이 있기 때문에 팬들은 또다시 그 자리를 찾고, 언제나 그들의 목소리를 기다리게 된다.

도윤과 아람은 이번 팬미팅을 꼭 가기로 결심하고, 준비에 만전을 기했다. 티켓 예매는 그야말로 하늘의 별 따기처럼 어려운 일이었다. 그들은 성공적인 예매를 위해 온갖 방법을 다 동원할 준비가 되어 있었다. 도윤은 며칠 동안 티켓팅 성공 팁을 검색하며 하나하나 공부했다. 모든 정보를 빠짐없이 체크하려 했지만, 그 세계는 너무 복잡하고 어려워 보였다.

"PC방 가는 게 제일 좋아. 반응 속도가 빠르거든. 그리고 주변 인맥을 다 동원해야 돼. 저번에 나도 안 됐는데, 언니가 대신 성공해서 그 표로 갔었어. 그리고 8시에 예매 오픈 창 열리면 7시 59분 57초에 클릭해야 해. 정확한 시계 맞춰놓고. 대기 번호 뜨면 절대 나갔다 들어가면 안 돼. 순번 밀려!"
아람은 덕질 선배답게 경험에서 우러나오는 팁을 전해줬다. 도윤은 그 말에 고개를 끄덕이며 열심히 준비했다. PC

방, 정확한 시간 맞추기, 대기 번호 관리… 그 모든 게 너무 세밀하게 느껴졌지만, 한편으로는 이 모든 과정이 마치 비밀스러운 도전 같아 흥미로웠다. 티켓을 얻지 못하면 결국 그 팬미팅을 놓칠지도 모른다는 생각에 도윤의 마음은 점점 더 떨렸다. 하지만 아람이 자신감을 주었기에 그도 끝까지 해보겠다는 마음을 먹었다.

드디어 예매 날, 두 사람은 아침부터 긴장감에 휩싸였다.

"3, 2, 1… 클릭!"

아람의 외침과 함께 도윤은 마우스를 눌렀다. 하지만 손은 조금 더디게 움직였다. 화면에 뜬 대기 번호는 6만 8283번.

"아씨, 망했네… 아람아, 넌 몇 번 나왔어?"

"나? 4만 2328번….” 아람은 짧은 한숨을 내쉬며 답했다

도윤은 자리를 얻기는 힘들겠다고 생각했다. 팬미팅 좌석 수는 3만 개 정도였고, 대기 번호는 그보다 훨씬 넘는 숫자였다. 빈자리가 나와도 '다른 고객님이 결제 중입니다'라는 팝업창이 반복적으로 나타났다. 클릭을 눌러도 빈자리는 0.1초 만에 사라졌고, 계속해서 좌석 수는 줄어들기만 했다. 그는 그저 손가락을 빨며 현실을 받아들여야 했다.

"이게 말이 돼?"

하지만 쉽게 포기할 수는 없었다. 밤 12시에 취소 표가 나온다는 희망을 갖고, 집으로 돌아간 후에도 컴퓨터 앞에 앉아 있었다.

"도윤아, 왜 이리 컴퓨터 앞에서 오래 있어?"

엄마의 물음에 도윤은 살짝 머뭇거리며 대답했다.
"아… 과제 있어서 그래, 금방 끝나!"

도윤의 목소리엔 어딘가 자신 없는 기색이 묻어 있었다. 엄마에게 거짓말을 한 게 찜찜했지만, 지금은 티켓팅에 성공하고 싶다는 마음이 더 컸다.

취소 표가 뜬다는 희망 하나에 매달린 채, 도윤은 초조하게 시계를 바라보며 새벽 12시를 기다렸다. 티켓팅의 마지막 기회, 그 순간을 놓치지 않기 위해 온 신경을 집중했다.

드디어 자정이 되자, 컴퓨터 화면에 좌석 몇 개가 떴다. 도윤은 숨을 죽이며 마우스를 클릭했다. 하지만 그 좌석은 순식간에 사라졌다. 그 순간 도윤은 '이게 뭐야….'라는 말만 내

뱉으며 한숨을 쉬었다. 좌석은 너무 빨리 팔려나갔고, 대기 번호는 여전히 높았다.

"취소표 나왔는데… 왜 이렇게 빨리 다 없어지는 거지?" 도윤은 자리에 주저앉아 아람에게 문자 메시지를 보냈다.

아람은 빨리 답장을 보냈다. "지금 대기 번호 밀려서 그럴 거야. 다른 사람이 결제 중이면 다시 뜨기까지 시간이 걸려. 그래도 희망을 버리지 마, 조금만 더 기다려보자!"

도윤은 아람의 말을 되새기며, 다시 한번 화면을 집중해서 지켜봤다. 0.1초가 아쉽게 느껴졌고, 그 순간, 좌석이 없어지는 속도에 자신도 모르게 손끝이 떨렸다. 시간은 계속 흘러 갔고, 대기화면의 숫자는 그대로였지만, 화면에서 남아 있는 좌석들은 점점 사라져 갔다. 몇 번의 클릭을 시도했지만 빈 좌석은 더 이상 보이지 않았다. 그제야 도윤은, 자신이 현실 을 직시해야 한다는 것을 느꼈다.

"아… 이게 끝인가…." 도윤은 키보드에 손을 얹고 잠시 멍 하니 앉아 있었다. 짧은 시간 안에 발생한 모든 일들이 너무 빠르게 흘러가 버린 것처럼 느껴졌다. 열심히 준비하고, 애쓰며, 긴장했던 그 모든 순간이 한순간에 사라져 버린 듯했다.

"아람아… 나 결국 실패했어." 도윤은 힘없이 휴대폰을 들고 아람에게 전화를 걸었다. 목소리가 떨렸다. 이대로 포기해야 하는 걸까? 마음 속 깊은 곳에서 허탈함이 밀려왔다.

"도윤아! 나 성공했어! 너 표까지 두 표!" 그 순간, 아람의 목소리가 들려왔다. 반가운 소식에 도윤은 잠시 눈을 믿을 수 없었다. 믿기지 않는 소식이었지만, 그 목소리에는 확신이 묻어 있었다.

"진짜? 진짜야?" 도윤은 놀라며 외쳤다. 기쁨과 믿기지 않는 마음이 교차하며 목소리도 떨려왔다.

"응! 너도 알잖아, 이번 기회 정말 놓치면 안 된다고 생각했어! 팬미팅 가자! 같이 가자!" 아람의 목소리도 흥분에 차 떨리고 있었다. 도윤은 그 순간, 벅차오르는 감정을 누르지 못하고 웃음을 터뜨렸다. 로안을 직접 보는 그 순간을 상상하며, 이제야 그 꿈이 현실로 다가오는 것 같았다.

"너 진짜 대단해, 아람아… 정말 고마워!" 도윤은 가슴이 벅차오르는 것을 느끼며, 손을 꽉 쥐었다. 이 모든 순간이 하나의 꿈같이 느껴졌다.

+++

시간은 쉼 없이 흘러 팬미팅 당일이 다가왔다. 아침이 채 밝지 않은 이른 시간, 도윤과 아람은 이미 공연장 앞에 도착해 있었다. 거리에는 차가운 바람만이 스쳐 지나갔고, 아직 해가 뜨지 않은 어두운 하늘을 배경으로 두 사람은 서 있었다. 그동안의 기다림이 얼마나 길고 고된 시간이었는지, 이른 아침의 차가운 공기도 전혀 신경 쓰이지 않았다. 아람은 손에 쥔 티켓과 굿즈 구매 리스트를 확인하며 설렘을 감추지 못했다.

"와, 여기서 이렇게 기다리다니… 진짜 꿈같다!" 아람은 손끝으로 티켓을 가리키며 흥분을 감추지 못했다. 도윤은 입술을 깨물며 한숨을 쉬었다.

"야, 근데 굿즈 줄 너무 길지 않아? 날씨도 너무 춥고… 난 필요 없으니까 너 혼자 받아와." 도윤이 말하자, 아람은 그의 걱정을 가볍게 넘기며 밝은 목소리로 대답했다.

"에이, 팬미팅에 왔는데 굿즈는 사 가야지! 너가 처음이라서 그런데, 원래 이게 기본이야. 힘내!" 아람은 도윤을 가볍게 툭 치며 웃었다. "그리고 이 정도 추위는 아무것도 아니야! 우리가 이 순간을 얼마나 기다렸는데!"

도윤은 아람의 말에 고개를 끄덕이며 한숨을 내쉬었다. "그래, 여기까지 왔는데 하나 사야지… 근데 이 차가운 바람을 더 이상 못 참겠다." 몸을 움츠린 도윤을 보고, 아람은 웃으며 그의 어깨에 어깨동무를 했다.

"추우면 이 누나가 안아줄까?"

"아 뭐래. 안 꺼져?"

도윤은 주위를 둘러보며 공연장을 찾아온 사람들 중 남자 팬이 꽤 많다는 사실에 놀랐다. 그는 사람들의 눈에 띄지 않게 슬쩍 주변을 살펴보며, 생각보다 많은 남자들이 아이돌의 팬임을 깨닫고는 조금 어색한 기분이 들었다.

"와, 남자 팬도 꽤 많네." 도윤이 중얼거렸다. 아람은 그가 그런 반응을 보이자 웃으며 대답했다.

"남자도 좋아할 수 있지. 사실 아이돌은 그들의 외모나 스타일뿐만 아니라 음악, 노력, 성격에서 많은 감동을 주잖아. 남자도 그런 점에서 공감하고 팬이 될 수 있는 거지."

도윤은 고개를 끄덕이며, 아람의 말이 틀리지 않다는 걸 점차 깨달았다. "맞아, 아이돌이 좋은 건 외모나 스타일만이 아니라, 그들의 진심과 열정 덕분이지."

아람은 도윤의 말에 미소를 지으며 덧붙였다. "바로 그거야. 그래서 성별에 상관없이 누구든지 팬이 될 수 있는 거지."

도윤은 그 말을 들으며, 이제 남자 아이돌을 좋아하는 것이 전혀 특이한 일이 아니라는 것을 깊이 이해했다.

"조금만 기다리면 우리가 원하던 굿즈를 드디어 손에 넣을 수 있어!" 끝이 보이지 않던 줄이 어느새 반토막이 났고, 아람은 손에 쥔 티켓을 흔들며 말했다. 그녀의 목소리에도 떨림이 섞여 있었다. 드디어 공연이 시작되는 날, 그 순간이 바로 앞에 있었다. 그들은 길게 늘어선 줄 속에서 서로 말없이, 마음속으로 이미 무대 위의 아티스트와 연결된 듯한 기분이었다.

한참을 기다린 후, 드디어 그들은 로안이 디자인한 한정판

키링과 응원봉을 손에 쥐게 되었다. 두 사람은 굿즈를 보고 서로 웃으며 기쁨을 나눴다. "와, 진짜 예쁘다!" 도윤이 감탄하며 말했다. "이거 생각보다 훨씬 더 세밀하게 잘 만들었네."

아람은 로안의 디자인을 다시 한번 살펴보며 고개를 끄덕였다. "맞아, 진짜 예술이야. 이 키링 하나하나가 다 의미가 있는 것 같아." 그녀는 자신의 손에 쥔 응원봉을 보며 미소를 지었다. "이 응원봉, 공연 중에 들고 있으면 정말 특별할 거야."

도윤은 아람의 말에 동의하며 응원봉을 손에 쥐고 살짝 흔들어보았다. "그래, 이거 하나만으로도 내가 진짜 팬이 된 것 같아."

두 사람은 서로를 보며 웃음을 터뜨렸다. 그 웃음 속에는 긴 기다림 끝에 이 순간을 함께할 수 있다는 기쁨이 담겨 있었다.

굿즈를 손에 쥔 채 주변을 둘러보던 아람의 눈이 한곳에 멈췄다. "도윤아, 저기 좀 봐!" 그녀는 손가락으로 작은 메모 공간을 가리켰다.

도윤은 호기심 가득한 얼굴로 다가가 글씨를 읽었다. "음… 고민을 적으면 로안이가 해결해 준다?" 그는 고개를 갸웃하며 웃었다. "사람이 몇 명인데 그게 가능하겠어?"

"그래도 혹시 모르잖아. 어차피 쓸 기회도 없는데 한 번 적어보자!" 아람은 벌써 테이블에 앉아 펜을 집어 들고 있었다.

도윤은 어이없다는 듯 고개를 젓다가 아람을 따라 자리에 앉았다. 아람은 곧바로 로안에게 감사 인사를 담아 짧고 따뜻한 메시지를 적었다. "항상 좋은 음악을 들려줘서 고마워요. 덕분에 힘을 얻고 있어요!"

도윤은 한참 펜을 들고 고민하다가 천천히 글을 써 내려가기 시작했다. 그의 손끝에서 나온 글은 소중한 추억과 작은 고민을 담은 진심 어린 메시지였다.

"이제 들어가자!" 아람이 밝게 웃으며 말했다.

두 사람은 메모함에 메시지를 넣고 공연장 안으로 향했다. 문을 열고 들어서자, 눈앞에 펼쳐진 화려한 무대와 세심하게 준비된 세팅이 그들을 맞이했다.

도윤은 잠시 말을 잃고 서 있다가, 아람에게 속삭이듯 말했다. "이거… 꿈 아니지? 진짜 현실 맞지?"

아람은 환하게 웃으며 고개를 끄덕였다. "현실이지. 그리고 이제 곧 진짜 꿈같은 시간이 시작될 거야."

이미 많은 팬들이 자리를 잡고 설레는 표정으로 공연을 기다리고 있었다. 도윤과 아람은 나란히 앉아 주위를 둘러보았다. 공연의 시작을 알리는 음악이 흐르기 시작하자, 두 사람은 손에 쥔 응원봉을 꼭 잡았다.

그 순간, 두 사람의 눈빛이 반짝였다. 꿈처럼 기다렸던 순간이 바로 지금, 눈앞에서 펼쳐지고 있었다.

웅장한 조명 아래에서 로안이 등장하자 공연장은 팬들의 환호로 가득 찼다. 그는 특유의 부드러운 미소로 무대 중앙에 섰고, 팬들을 향해 손을 흔들며 인사를 건넸다.

"여러분, 이렇게 만나게 되어 정말 기뻐요! 오늘은 여러분과 특별한 시간을 보내기 위해 준비한 게 많으니까 끝까지 함께해 주세요!"

그의 목소리가 스피커를 통해 울려 퍼지자, 관객석은 더욱 뜨거워졌다. 로안은 마치 무대와 하나가 된 듯 자연스럽게 첫 곡의 도입부를 부르기 시작했다. 부드럽게 시작한 발라드가 울려 퍼지며 공연장은 금세 감성적인 분위기에 휩싸였다.

아람이는 이미 익숙한 듯, 가사를 하나도 놓치지 않고 따라 부르며 응원봉을 흔들고 있었다. 그녀는 박자를 맞춰 조용히 뛰기도 하고, 큰 소리로 응원법을 외치며 공연을 만끽

하고 있었다.

"도윤아, 이 부분 알지? 같이 불러야지!" 아람이가 도윤의 어깨를 툭 치며 말했지만, 도윤은 여전히 무대를 멍하니 바라보고 있었다.

로안이 첫 곡을 마친 뒤, 무대의 조명이 일순간 어두워졌다. 숨소리만 들릴 듯한 정적 속에서 두 번째 곡의 도입부가 흘러나왔다.

♫♪ 무너진 모든 걸 뒤로 한 채 you, 잊어서려 애쓸 필요는 없어 stop it ♪♫

도윤의 눈이 점점 커졌다. "이 노래…." 그는 속삭이듯 말하며 무대에 시선을 고정했다.

이윽고 로안이 부드러운 목소리로 가사를 읊조리며 곡을 시작했다. 이는 도윤이 가장 좋아하던 곡, 부모님의 싸움 속에서 처음으로 들었던 로안의 노래였다. 익숙한 멜로디와 로안의 감미로운 목소리가 공연장을 채우자 도윤은 마치 시간 속에 고립된 듯한 기분이 들었다.

♫♪ 가슴속에 남은 상처도 fade, 살아가는 것만으로 충분해 babe ♪♫

"도윤아, 너가 제일 좋아하는 노래잖아! 대박이다!" 아람이는 흥분한 얼굴로 말했다. 그러나 도윤은 무대에서 눈을 떼지 못한 채 조용히 중얼거렸다.

"진짜 이 노래를 들을 수 있을 줄은 몰랐어…." 그의 목소리는 희미했지만, 떨림이 담겨 있었다.

♫♪ 그냥 내 품에 꼭 안겨서 kiss 해줘요 ♪♫

로안은 무대 위에서 관객과 교감하듯 손짓했고, 화려한 조명은 그의 몸짓에 맞춰 리듬감 있게 움직였다. 그가 후렴구를 부르며 감정을 쏟아낼 때, 도윤의 마음속 깊은 곳이 어루만져지는 듯했다. 그는 손으로 입을 가리고, 울컥 솟아오르는 감정을 겨우 억누르려 애썼다.

로안은 노래를 마치고 잠시 숨을 고르며 말했다.

"여러분, 이 곡은 제가 힘들 때 큰 위로가 되었던 곡이에요. 여러분에게도 그런 노래가 되기를 바랍니다."

그의 목소리는 부드러웠고, 진심이 느껴졌다. 관객석에서는 또 한 번 뜨거운 환호가 터져 나왔다

아람은 열정적으로 응원법을 외치며 목소리가 쉬어가는 것도 잊은 채 즐기고 있었다. 도윤은 아람이의 옆에서 조용

히 고개를 끄덕이며, 마음속으로 가사 하나하나를 곱씹었다. 로안의 목소리가 공연장을 가득 메우며 그의 내면을 감싸 안았다.

도윤은 잠시 모든 걱정과 두려움이 사라진 듯한 느낌에 사로잡혔다. 그 순간만큼은 그도 다른 팬들처럼, 노래에 완전히 몰입해 있었다.

로안의 공연은 노래와 퍼포먼스로 시작되었고, 팬들은 그의 부드러운 발라드와 에너지 넘치는 댄스곡에 환호했다. 무대의 조명과 장치가 그의 움직임에 맞춰 반짝이며 환상적인 분위기를 만들어냈다. 팬들은 모두 하나가 되어 로안의 이름을 외쳤다.

"로안! 로안! 로안! 로안!"

시간이 흐르며 공연은 후반부로 접어들었다. 무대 위의 조명이 한층 부드러워지고, 로안은 잠시 마이크를 내려놓았다. 그는 이 순간을 특별히 기다려왔다는 듯 미소를 지으며 말했다.

"여러분, 오늘 무대를 준비하면서 정말 많은 생각을 했어요. 그리고 여러분과 조금 더 가까이에서 이야기를 나누고 싶었습니다."

그는 무대 옆에 준비된 작은 테이블로 걸어갔다. 테이블 위에는 팬들이 미리 작성한 사연들이 담긴 상자가 놓여 있었다. 로안은 상자를 가볍게 두드리며 팬들에게 말했다.

"여기에는 여러분이 제게 보내주신 소중한 이야기들이 담겨 있어요. 하나씩 꺼내 보면서 함께 나눠볼게요."

관객석에서 작은 웃음과 환호가 터져 나왔다. 모두가 자신이 적은 사연이 선택되기를 바라며 기대에 찬 얼굴로 무대를 바라보았다.

로안은 상자에서 첫 번째 사연을 꺼내 들었다. 깔끔하게 접힌 종이를 펼치며 부드럽게 미소 지었다.

"안녕하세요. 로안 오빠를 너무 좋아해서 미치겠어요! 매일 오빠 생각만 하다 보니 공부도 손에 잡히지 않고, 친구들 사이에서도 오빠 얘기만 해서 살짝 소외감을 느끼고 있어요. 오빠를 좋아하는 이 마음, 어떻게 하면 잘 조절할 수 있을까요?"

팬들은 웃음을 터뜨렸고, 로안은 미소를 지으며 대답했다.

"정말 귀여운 고민이네요. 이렇게 저를 많이 좋아해 주셔서 정말 고마워요."

로안은 웃음을 짓던 얼굴에서 잠시 생각에 잠긴 듯하더니, 이내 차분한 목소리로 말을 이었다.

"하지만 여러분의 삶도 그만큼 소중하다는 걸 잊지 않았으면 좋겠어요. 제가 여러분의 응원이 필요하듯, 여러분도 스스로를 응원할 필요가 있거든요. 누군가를 좋아하는 마음은 참 예쁘고 소중하지만, 너무 몰두하다 보면 다른 중요한 것들을 놓칠 수도 있으니까요. 균형을 잘 맞추면서 서로 응원해요."

로안의 진심 어린 답변에 팬들은 뜨거운 환호와 박수를 보냈다.

다음 사연은 조금 더 진지한 분위기를 띠었다. 한 팬은 공부에 대한 고민을 털어놓았다. 로안은 잠시 생각에 잠긴 후 부드러운 목소리로 말했다.

안녕하세요. 중학교 2학년 학생입니다. 요즘 공부하기가 너무 싫습니다. 꿈도 없는데 계속 막연히 공부만 하기도 지치고 학원 집만 반복하니까 인생이 지루합니다. 성적도 어느 순간부터 잘 오르지 않고 얼마 전 중간고사도 망쳐서 멘탈이 무너지고 다른 애들보다 계속 뒤처진다는 느낌에 상대적 박탈감도 느꼈습니다. 그렇게 여기저기서 스트레스받다 보니 공부가 너무 하기 싫어졌어요. 이렇게 공부해 봤자 무슨 의미가 있는 건가 싶기도 하고 하는 일이 다 부질없다고 느껴지기도 합니다. 이제 어디서부터 시작해야 할지도 모르겠고

미래에 확신이 없습니다.

도윤은 사연을 듣는 순간 숨이 멎는 듯한 기분이 들었다. 자신의 사연이었기 때문이다.

"야, 네 사연이야! 네가 보낸 거잖아!"
아람이의 말에 도윤은 더 당황하며 깜짝 놀라 얼굴이 붉어졌다. 그는 어떻게 반응해야 할지 몰라 잠시 머뭇거렸다.

로안은 사연을 읽고는 잠시 침묵했다. 그 아이의 마음속을 상상하니, 그의 목소리에서 감정이 묻어났다.

"음… 정말 공감이 가는 사연이에요. 사실 우리 모두 이런 고민을 해본 적이 있잖아요. 15살이라는 나이는 아직 많은 가능성과 설렘이 가득한, 청춘의 한가운데에 있는 시기지만, 또 한편으로는 모든 게 서툴고 불안할 수밖에 없죠."

로안은 잠시 숨을 고르며 말을 이어갔다.

"그런데 제가 한 가지 확실히 말씀드릴 수 있는 건요. 남들과 다르게 느리게 흘러가도 정말 괜찮아요. 지금은 속도가 중요한 게 아니라, 방향을 찾는 게 더 중요하거든요."

그의 목소리는 계속해서 부드럽고 따뜻하게 이어졌다.

"너무 지친 나머지, 모든 게 다 부질없게 느껴질 때가 있죠. 그런데 꼭 기억해 주세요. 지금 여러분이 느끼는 감정은 아주 자연스러운 거예요. 사람들이 다 잘하고 있는 것처럼 보여도, 사실 다들 속으론 자신만의 고민과 싸우고 있답니다. 여러분도 지금 그런 싸움을 하고 있는 거예요. 그러니까 절대 자신이 약하다고 생각하지 마세요."

그 순간, 로안은 문득 사연을 보낸 사람과 직접 이야기해 보고 싶다는 생각이 들었다.

"혹시 이 사연 보내주신 학생분 손 들어주시겠어요?"

도윤은 그 말에 순간 숨이 멎는 듯한 기분이 들었다. 도윤은 숨을 깊이 들이마셨다. 로안의 부드럽고도 따뜻한 목소리가 그의 마음 한편에 닿았다. 하지만 동시에 심장이 미친 듯이 뛰어 머리가 복잡해졌다. 아람은 옆에서 끊임없이 그의 옆구리를 찌르며 속삭였다.

"야, 진짜 네 얘기잖아. 얼른 손 들어! 안 그러면 내가 말한 다?"

도윤은 고개를 푹 숙였다. 아람의 말이 들릴 때마다 얼굴이 점점 더 붉어졌다. 하지만 결국 용기가 나지 않았다. 다른 사람들 앞에서 자신의 이야기를 꺼낸다는 것은 그에게 너무 버거운 일이었다.

"이게 네 인생 바꿀 기회일지도 몰라. 로안한테 직접 조언 들을 수 있잖아!" 아람이 재촉하듯 덧붙였다.

도윤은 땀에 젖은 손을 주먹 쥐었다. 그의 머릿속에서는 수많은 목소리들이 부딪쳤다. '이렇게 나선다고 뭐가 달라질까? 창피만 당하면 어쩌지?' 하지만 다른 한편으로는 로안의 말이 맴돌았다.
'속도가 중요한 게 아니라 방향을 찾는 게 더 중요하다.'

그는 한 번 더 심호흡을 하고, 떨리는 손을 서서히 들어 올렸다. 그 순간, 주변이 갑자기 고요해진 듯한 기분이 들었다. 자신이 손을 들었다는 사실이 실감 나지 않았지만, 이미 늦었다. 조명이 자신을 비추는 듯한 느낌이 들며, 모든 시선이 그에게로 향했다. 도윤에게 집중되었다. 그는 순간 얼어붙었지만, 옆에서 아람이 힘내라는 듯 환하게 미소 지었다.

"저… 사연 보낸 도윤입니다."

목소리는 작았지만 분명히 울렸다. 그 짧은 한마디에 그의 모든 용기가 담겨 있었다. 로안은 그 소리를 놓치지 않고 고개를 돌려 도윤을 바라보았다.

"아, 도윤 님이군요." 로안은 따뜻하게 미소 지었다. "용기 내줘서 정말 고마워요. 지금 어떤 마음인지 조금만 더 얘기해 줄 수 있을까요?"

도윤은 마이크를 건네받았다. 손이 떨려서 마이크를 떨어뜨릴까 봐 두 손으로 꼭 쥐었다.

"저는… 요즘 너무 힘들어요." 목소리가 떨렸지만, 그는 멈추지 않고 이어갔다. "공부도 잘 안되고, 다른 애들보다 뒤처지는 것 같고… 뭘 위해 이렇게 열심히 해야 하는지 모르겠어요. 그게 너무 막막해서, 다 놓아버리고 싶어요."

그가 말을 끝냈을 때, 콘서트장 안은 적막했다. 하지만 그 적막 속에는 어쩐지 위로 같은 것이 담겨 있었다. 로안은 한참 동안 도윤을 바라보다가 다시 입을 열었다.

"도윤 님, 정말 잘 이야기해 주셨어요. 지금 이 자리에서 용기 내어 목소리를 낸 것만으로도, 저는 도윤 님이 이미 대단하다고 생각해요."

로안의 말은 단순했지만, 그 안에는 진심이 가득 담겨 있었다. 도윤은 그 말에 자신도 모르게 눈가가 뜨거워졌다.

"사실 저도 여러분 나이 때, 비슷한 고민을 했던 적이 있어요. 그때는 모든 게 다 부질없고, 내가 뭘 위해 살아가는지조차 모르겠더라고요. 하지만 나중에 알게 됐어요. 그 시간들이 다 나를 더 단단하게 만들어 주는 과정이었다는 걸요."

로안은 그 이야기를 진지하게 듣고, 다시 부드러운 목소리로 답했다.

"도윤 님, 지금은 모든 게 멈춰 있는 것 같아도, 시간이 지나면 분명 도윤 님이 서 있는 자리가 얼마나 소중한지 알게 될 거예요. 꼭 누군가를 따라가야만 하는 건 아니에요. 도윤 님이 잠시 멈추고 쉬어도, 다른 길을 돌아가더라도 괜찮아요. 결국 도윤 님이 가야 할 곳에 도달할 거예요."

"그리고요… 꿈이 지금 없는 건 정말 괜찮아요. 꿈이라는 건 갑자기 떠오르는 게 아니라, 천천히 내가 좋아하는 걸 찾아가다 보면 자연스럽게 생기는 거예요. 만약 지금 하고 싶은 걸 모르겠다면, 작고 사소한 것부터 시작해 보세요. 좋아하는 노래를 듣거나, 재미있는 책을 읽거나, 새로운 취미를 찾아보는 것도 좋을 것 같아요. 여러분이 좋아하는 게 무엇이든, 그게 결국 여러분을 이끌어줄 거예요."

로안은 마지막으로 작은 미소를 지으며 말을 맺었다.

"도윤 님, 지금도 충분히 잘하고 계세요. 다른 분들과 비교하지 않으셔도 괜찮아요. 도윤님만의 속도, 길이 있으니까요. 그리고 어디에 계시든, 마음이 조금이라도 편안해지실 수 있도록 제가 여기서 기다리고 있을게요. 도윤 님은 혼자가 아니세요."

도윤은 로안의 말에 마음이 편안해졌고, 조금은 괜찮아져도 된다는 위로를 받았다. 로안이 덧붙인 말들이 그의 마음

속에 깊게 스며들었다.

"도윤 님만의 길이 있으니까요."

이 말이 반복되며, 도윤은 자신이 그동안 느껴왔던 불안과 압박에서 벗어나, 한 걸음씩 더 나아갈 용기를 가질 수 있게 되었다.

팬미팅이 끝난 후, 도윤은 아람과 함께 공연장을 떠났다. 발걸음은 가벼웠지만, 마음 속에는 정리되지 않은 생각들이 엉켜 있었다. 그럼에도 불구하고, 이상하게도 그 순간만큼은 혼자가 아닌 것 같은 기분이 들었다. 로안의 목소리와 그 따뜻한 위로가 아직도 가슴속 깊은 곳에서 울려 퍼지며, 도윤을 감싸고 있었다

"도윤아, 오늘 오길 잘했지?"

"응! 오늘 팬미팅은 정말 평생 잊을 수 없을 거야." 도윤은 미소를 지으며 대답했다. 그 순간, 마음속에서 느껴지는 감정들이 차례차례 떠올랐다.

이람은 고개를 끄덕이며 웃었다. "그래, 다음에 또 같이 오자!"

두 사람은 공연장을 나서며 오늘의 여운을 마음속에 고이 간직한 채 걸어갔다. 길을 걷는 동안, 도윤은 그동안 쌓였던 걱정과 고민들이 서서히 풀리는 듯한 느낌을 받았다. 마음속 어딘가가 조금씩 가벼워지는 것 같았다. 그 순간, 도윤은 확신했다. 지금은 천천히 가고 있는 것 같지만, 결국 그 길이 자신만의 속도로 빛날 것이라는 것을.

도윤은 이제 알았다. 삶이란 급하게 달려가는 것이 아니라, 시간과 여유를 가지고 자신을 찾아가는 여정이라는 것을. 그 여정 속에서, 자신이 좋아하는 음악, 팬미팅에서의 소중한 기억들, 그리고 로안의 따뜻한 말들이 점차 힘이 되어줄 것이라는 것을 깨달았다.

그날의 경험은 단순한 팬미팅 이상의 의미를 가졌다. 그것은 자신을 돌아보고, 진정한 자신을 찾아가는 여정의 시작이었다. 그리고 무엇보다 중요한 건, 도윤은 더 이상 혼자가 아니라는 사실이었다.

7. 성적표 뒤의 숨겨진 진심

학생 신분으로 아이돌을 좋아하는 것은 부모님과의 갈등을 감수해야 하는 일이었다. 부모님은 항상 '지금 네가 집중해야 할 건 공부'라며, 자식이 다른 것에 관심을 두는 걸 못마땅해하셨다. 아이돌을 좋아하는 도윤에게 그것은 일종의 유일한 위로였지만, 부모님은 그저 시간을 낭비하는 것처럼 생각했다. 시험 준비를 핑계 삼아 잠깐 영상 한 편 보는 것조차 잔소리의 대상이 되었다.

그러나 도윤에게 아이돌을 좋아하는 일은 고단한 하루를 견디게 해주는 유일한 위안이었다. 부모님이 그걸 이해해 주기는 어려운 일이었다. 그럴 때마다 마음속 깊은 곳에서 억울함과 슬픔이 치밀어 오르곤 했다.

2학기 중간고사가 끝난 후, 모든 것이 더욱 어려워졌다.

성적표를 받아 든 순간, 상황은 급격히 꼬이기 시작했다.
주요 과목의 성적이 눈에 띄게 떨어졌고, 특히 수학은 처음
으로 평균 이하를 기록했다. 시험 기간 동안 집중력이 흐트
러졌던 탓이었다. 책상 앞에 앉아도 머릿속에는 문제집의 공
식 대신, 로안이 부른 노래가 맴돌았다. '넌 잘할 수 있어'라
는 가사에 위안을 받으면서도, 공부를 더 해야 한다는 생각
이 도윤을 괴롭혔다.

그리고 성적표가 식탁 위에 올라간 순간, 집안의 평화는
깨졌다.

"이게 뭐야?"

엄마는 성적표를 확인하자마자 소리쳤다. 저녁을 준비하
던 손이 멈추고, 집안은 일순간 얼어붙었다.

"죄송해요. 다음엔 더 열심히 할게요."

도윤은 최대한 차분하게 대답했지만, 목소리는 떨리고 있
었다.

"다음엔? 그게 몇 번째야? 너 요즘 왜 이 모양이야? 네가 아이돌 좋아하기 시작한 이후로 이러는 거 아니야?"

엄마의 목소리가 점점 높아졌다. 도윤은 말을 잇지 못하고 고개를 숙였다.

그때, 거실 문이 열리며 담배를 피우러 나가려던 아빠가 소리에서 상황을 눈치채고 나타났다.

"뭐꼬, 뭔 일인데?"

아빠는 엄마의 손에서 성적표를 무심하게 가로챈 뒤, 그것을 펼쳐보았다. 성적표를 한 번 훑은 후, 그 표정에서 불쾌함이 물씬 느껴졌다.

"에휴, 지랄 났다, 지랄 났어. 내가 벌어준 돈으로 학원비 쓴 결과가 이거가? 애미란 게 애새끼, 참 잘 키웠다."

성적표를 탁자 위로 휙 던져 놓은 아빠는 주머니에서 담배와 라이터를 꺼내 들며, 집을 나섰다.

"성적표 그만 보고 빨리 밥이나 차려라, 뱃돼지 고프다."

아빠의 발걸음이 멀어지자, 엄마는 한숨을 쉬며 다시 입을 열었다.

"내가 뭐라고 했니? 공부가 너한테 제일 중요하다고 했잖아? 근데 너는 그딴 이상한 애들 얼굴이나 쳐다보면서 시간을 다 낭비하고 있잖아!"

엄마의 말에 도윤의 가슴은 아프게 저려왔다. '그딴 이상한 애들'이라니, 로안이 내게 얼마나 큰 위로가 되는지, 그의 노래와 무대가 내게 어떤 의미인지 엄마는 전혀 이해하지 못했다.

"엄마, 그게 왜 로안이 때문이에요? 내가 공부 못한 건 내 잘못이지, 로안이는 아무 상관 없다고요!"

도윤은 소리쳤다. 목소리가 떨렸지만, 억눌렸던 감정들이 터져 나오기 시작했다.

"아니긴 뭐가 아니야! 네가 아이돌 좋아하기 시작한 이후로 성적이 뚝 떨어진 거 다 보이잖아. 그동안 열심히 하던 네가 왜 이러는지, 나 정말 이해가 안 돼."

엄마는 화난 얼굴로 도윤을 노려봤다.

"엄마는 나한테 왜 이렇게 잔소리만 해요? 나도 힘들다고요! 하루 종일 공부만 하다가 겨우 숨 돌릴 시간에 노래 듣는 게 그렇게 큰 잘못이에요?" 도윤은 참아왔던 말을 쏟아냈다.

"힘들어? 네가 힘들면 나는 안 힘든 줄 알아? 내가 누구 때문에 이렇게 버티고 사는데!" 엄마의 목소리는 날카롭고 단호했다. 그 말에 도윤의 가슴은 철렁 내려앉았다.

"엄마, 그게 나 때문이라는 거예요? 내가 엄마 인생을 망쳤다는 뜻이에요?" 도윤은 분노와 서러움이 섞인 목소리로 대꾸했다. 엄마는 잠시 말문이 막혔다.

"내가 그 말까지 하려고 한 건 아니야. 하지만 네가 지금 잘못된 방향으로 가고 있다는 건 확실하잖아!" 엄마는 다시 말을 이었지만, 목소리엔 약간의 흔들림이 있었다.

"그럼 엄마가 원하는 대로 내가 그냥 공부만 죽어라 하면 돼요? 내가 좋아하는 건 아무것도 못 하면서?" 도윤은 떨리는 목소리로 말했다. 눈물이 차올랐지만, 울지 않으려고 애썼다.

"그래, 지금은 공부가 제일 중요해! 너도 알아야 할 거 아니야. 네가 실패하면 나중에 후회할 거라고!" 엄마는 단호하게 말했다.

"그럼 엄마가 말하는 그 '나중'엔 내가 행복할까요? 엄마는 몰라요. 내가 얼마나 힘든지, 아니, 아마 전혀 관심조차 없을 거예요. 매일이 지옥 같고, 하루하루가 살아있는 고문 같아요. 죽고 싶다는 생각에 시달리며, 손목에 칼을 대도 그때마다 아무 감정도 느껴지지 않아요. 바닥에 떨어진 핏자국들은 너무 많아서 이제는 지워지지도 않고요."

도윤은 숨을 헐떡이며, 한숨을 내쉬었다. 그 말을 꺼내는 것조차 힘들었지만, 이제는 참을 수 없었다. 그 말들이 도윤의 입에서 흘러나오는 순간, 그는 숨을 헐떡이며, 마치 가슴속 깊이 억누르던 고통을 토해내는 듯했다.

"이제 더 이상 참을 수 없어요." 도윤의 목소리가 흔들리며 울려 퍼졌다. "그런 날들 속에서… 내가 겨우 내일을 버티게 하는 힘은, 로안이에요. 엄마가 아무리 이해하지 못해도, 내 마음은 변하지 않아요. 이건 내 삶에서 단 하나, 나를 살게 하는 이유예요."

도윤은 눈물이 눈가를 타고 흘러내리는 걸 느끼며, 마지막 힘을 다해 말했다. 그의 몸은 떨리고, 입술은 부서질 듯 떨렸다. "로안이 없으면 나는 더 이상 아무것도 아닐 거예요."

그 말이 끝나자, 도윤은 갑자기 고개를 숙이며 방으로 뛰어갔다. 발걸음은 무겁고, 그의 심장은 더 이상 숨을 쉴 수 없을 만큼 답답했다. 문을 쾅 닫으며, 세상의 모든 아픔을 자기 혼자 감당하는 듯한 표정으로, 그는 세상과 다시 단절된 듯했다.

방 안은 깊은 고요에 잠겨 있었다. 얼마 전 팬미팅에서 받은 작은 키링이 도윤의 손끝에 닿았다. 그 안에서 로안의 얼굴은 마치 그를 향해 차분히 응시하는 듯했다. 도윤은 그 키링을 손에 쥔 채, 속삭이듯 입을 열었다.

"내가 틀린 걸까? 나한테 행복이란 건 사치인 걸까?"
마음속에서 일렁이는 갈등 속에서 도윤은 계속해서 스스로에게 물었다. 해답을 찾고 싶었다. '정말 내가 틀린 걸까?' 하지만 그 답은 쉽사리 나오지 않았다.

책상 위에는 펼쳐지지 않은 문제집과 응원봉이 나란히 놓여 있었다. 그 둘이 그의 시선을 붙잡았다. 성적표를 떠올리며 도윤은 계속해서 '내가 정말 틀린 걸까?'라고 생각했다. 로안을 좋아하면서 성적이 떨어졌다는 사실은 부정할 수 없었다. 그러나 동시에 그의 노래 덕분에 도윤은 다시 웃음을 되찾았다는 것도 사실이었다.

도윤은 손에 펜을 쥐었다. 엄마와의 갈등이 쉽게 해결되지 않을 거라는 것은 알았다. 하지만 그녀는 마음속에서 포기할 수 없었다. 현실과 자신의 행복, 그 두 가지 사이에서 균형을 찾아야 한다는 걸 느꼈다.

"내가 틀리지 않았다는 걸 엄마에게 꼭 보여줄 거야."

그 결심은 점점 더 확고해졌다. 도윤은 조용히, 그러나 굳건하게 다짐했다.

8. 내가 원하는 행복

도윤은 편의점 앞에서 가만히 서 있었다. 흐릿한 하늘과 차가운 바람은 전혀 신경 쓰이지 않았다. 엄마와 또 크게 싸운 후, 그의 마음은 얼어붙은 듯했다. 아무리 흔들어도 그 어떤 것도 해소되지 않는 기분이 들었다. 덕질을 한다는 이유로, 자신이 좋아하는 것을 억누르려는 엄마와의 갈등은 끝날 기미가 보이지 않았다.

그때, 도윤의 옆으로 아람이가 다가왔다. 아람이는 도윤의 얼굴을 한눈에 보며, 그의 피로와 걱정이 섞인 표정을 읽을 수 있었다.

"도윤아, 또 싸웠어?" 아람이가 조심스럽게 물었다.

도윤은 고개를 숙였다. 아무 말도 하지 않았다. 아람이는 도윤이 마음속에 짊어지고 있는 짐을 잘 알고 있었다. 그동안의 갈등이 도윤에게 너무 많은 부담을 주었고, 아람이는 그가 힘들어한다는 걸 늘 느낄 수 있었다.

"응…. 엄마는 내가 공부만 하길 원하시거든. 근데 나는 그게 너무 괴롭더라. 내가 좋아하는 걸 못 하게 하는 게 너무 힘들고."

도윤이 무겁게 입을 열었다.

"아이돌 좋아하는 거? 로안이? 그게 뭐가 나쁜 거야?"

도윤은 잠시 침묵을 지켰다. 아람이의 질문에, 그는 속마음을 고백하듯 털어놓았다.

"엄마는 노래가 나에게 위로가 되거나 힘이 된다는 걸 이해 못 하셔. 그저 공부만 하라고 하시니까, 나는 점점 내가 뭘 좋아하는지도 모르겠고, 그게 나쁜 일인 것처럼 느껴져."

아람이는 잠시 도윤을 바라보았다.

"그렇다고 해서 너의 행복을 놓칠 필요는 없잖아. 로안이 노래가 너에게 힘이 되는 건 사실이잖아. 그게 너를 버티게 해주는 거고, 그게 너만의 방식으로 삶을 살아가는 거야."

도윤은 아람이를 바라보며 잠시 생각에 잠겼다.

"그렇긴 한데… 엄마는 그런 걸 전혀 이해 못 해. 그냥 내가 공부에 집중하지 않아서 성적이 떨어진 게 전부인 것 같대."

"그렇다고 해서, 네 행복을 포기할 필요는 없잖아."

도윤은 아람이의 말에 잠시 멈칫했다. 아람이는 항상 그의 편이 되어주었고, 그 말 한마디가 언제나 도윤에게 큰 위로가 되었다.

"하지만 엄마는 나를 공부만 하는 로봇처럼 만들고 싶으신 것 같아. 내가 좋아하는 게 어떻게 보면 방해물처럼 보인다고 생각하시니까." 도윤은 다시 머리를 숙였다.

"그게 네 잘못은 아니야. 너는 너만의 방식으로 살아가야 해. 로안이의 노래가 너를 행복하게 하고 힘을 주는 거라면,

그걸 포기할 필요는 없어." 아람이는 도윤의 손을 가볍게 잡으며 말했다.

"로안이 노래가 너에게 위로가 되면 그걸 통해 힘을 얻고, 그 힘으로 공부도 더 잘할 수 있지 않을까? 우리가 행복을 느끼는 방법은 다 달라. 네가 로안이의 노래로 행복을 찾을 수 있다면, 그게 너만의 방식이야."

"그렇긴 한데, 가끔은 내가 이렇게 하는 게 너무 이기적인 건 아닐까 싶기도 해." 도윤은 고민에 빠진 듯 애꿎은 바닥을 치며 말했다.

"그럴 리 없어. 너의 행복은 너만의 것이고, 그것이 네가 살아가는 힘이 된다면, 그걸 지켜야 해. 네가 잘할 수 있을 때까지 다른 것들을 참고하는 건 중요하지만, 네 마음이 사라지면 의미가 없어." 아람이는 진지하게 도윤을 바라보며 말을 덧붙였다.

"너무 걱정하지 마, 도윤아." 아람이는 따뜻하게 말을 건넸다. "엄마는 네가 뭘 좋아하는지, 네 마음을 이해하려고 하는 게 아니잖아. 그게 네 잘못은 아니야. 너는 너만의 방식대로 행복할 권리가 있어. 로안이의 노래가 네게 위로가 된다면, 그걸 잃지 말아야 해."

도윤은 잠시 아무 말 없이 그 말을 곱씹었다. 아람이의 말이 여전히 머릿속을 맴돌았다. "하지만… 나도 엄마를 이해하려고 노력했어. 그런데 왜 나만 이렇게 힘든 걸까?" 도윤은 결국 눈에 눈물이 맺힌 채 말을 이었다.

아람이는 그의 손을 살며시 잡으며 미소를 지었다. "도윤아, 네가 힘든 이유는 네가 너무 혼자서 끙끙 앓고 있기 때문이야. 네가 좋아하는 걸 하고 싶은 마음을 숨기지 마. 그게 바로 네가 더 행복하게 살아가는 길일 거야."

도윤은 아람이의 따뜻한 손길에 힘을 얻은 듯, 고개를 들어 아람이를 바라보았다. 그의 눈빛은 조금씩 풀리기 시작했다. "그래… 내 마음을 표현하는 게 두려워서 그랬던 것 같아." 도윤은 고백처럼 말했다.

"그렇지. 네가 어떤 선택을 하든, 그것이 너를 행복하게 한다면 그게 바로 너만의 방식이야. 더 이상 두려워하지 말고, 네 마음을 소중히 여겨." 아람이는 그에게 마지막 힘을 주는 듯 말을 이어갔다.

　도윤은 아람이의 말을 듣고, 갑자기 떠오른 생각에 마음속에서 무언가가 풀리는 듯한 기분이 들었다. 그동안 너무 많은 것을 참고 살아왔다는 생각이 들었다. 이제는 자신을 위해 무엇을 해야 할지, 무엇을 사랑해야 할지 알아가는 시간이 필요했다.

　"내가 좋아하는 걸 숨기지 않기로 결심했어. 더 이상 내 마음을 숨기지 않고, 나를 위해 살기로 했어." 도윤은 눈빛을 굳히며 말했다. 그리고 그 순간, 자신이 해야 할 일이 무엇인지 명확해진 듯했다. 마음속에 무거운 짐이 조금씩 풀리는 것을 느꼈다. '행복은 내가 스스로 찾는 거구나. 내가 나를 위해 행복을 찾아가야 한다는 걸 깨달았어.' 아람이의 말이 계속 머릿속을 맴돌았다.

　그렇게 마음이 조금 가벼워지자, 도윤은 문득 자신이 무엇을 좋아하는지, 무엇이 그를 행복하게 만드는지에 대해 생각하기 시작했다. 그 순간, 그는 떠오른 생각을 글로 풀어내기로 결심했다.

급히 집으로 돌아간 도윤은 방에 들어가자마자 책상 앞에 앉았다. 창밖에서 부는 바람 소리가 간간이 들려왔지만, 그 소리는 도윤의 집중을 방해하지 않았다. 그는 종이를 꺼내 펜을 들었다. 노트북으로 글을 쓸 때와는 다른 감정이 마음 속에 가득 차올랐다. 그는 갑자기 마음 깊은 곳에서부터 써 내려가고 싶은 이야기가 생겼다.

'로안이 형, 안녕하세요.'
편지를 쓰는 첫 문장을 적자, 도윤은 잠시 멈추었다. 그저 이런 글을 쓴다는 것이 신기하게 느껴졌지만, 또 한편으로는 그의 마음을 솔직하게 표현하는 길 같다는 생각이 들었다.
'저는 중학교 2학년 도윤이에요. 형의 팬이 된 지는 꽤 됐 어요. 형의 노래를 처음 들었을 때의 기분, 아직도 기억나요. 그때 형의 목소리가 제 귀에 들어왔을 때, 마치 누군가 저를 꼭 안아주는 것 같았어요. 그게 어떻게 가능할까 싶을 정도 로, 제 마음이 위로를 받았거든요.'
도윤은 자기도 모르게 글을 멈추고, 그 순간을 떠올렸다. 형의 목소리가 처음 들렸던 그날, 혼자서 속상했던 자신에게 다가와서 따뜻하게 감싸준 목소리. 그때의 감정이 아직도 생 생하게 느껴졌다.
'형의 노래는 단순한 음악이 아니었어요. 제게는 삶의 한 조각처럼 느껴졌어요. 그걸 듣고 있으면, 마치 제가 힘을 얻고 있는 것 같았어요. 지금도 여전히 형의 노래는 저의 하루에 큰 영향을 미치고 있어요.'

도윤은 펜을 잠시 멈추고, 깊은 숨을 들이쉬었다. 그리고 다시 글을 이어갔다. 그동안 엄마와의 갈등, 그리고 자신이 좋아하는 것이 잘못된 것처럼 느껴졌던 순간들이 떠올랐다. 그 모든 감정들이 이 글 속에 녹아들기 시작했다.

'그런데 요즘, 제가 조금 혼란스러워요. 엄마와의 갈등 때문에 마음이 아파요. 엄마는 제가 공부만 하길 원하시는데, 아이돌을 좋아하는 게 제게 힘이 된다는 걸 이해해 주지 않으세요. 엄마는 제게 로안이 형의 노래가 공부에 방해된다고 생각하시거든요. 그게 너무 괴로워요. 어떨 때는 내가 좋아하는 게 잘못된 것처럼 느껴져서 속이 아파요.'

도윤은 펜 끝을 무겁게 쥐고, 잠시 눈을 감았다. 엄마의 기대에 부응하지 못하는 자신을 자책하면서도, 로안이 형의 노래가 자신에게 얼마나 큰 의미를 지닌 것인지 알았다. 그럼에도 불구하고 엄마는 그걸 이해하지 못했다.

'하지만 오늘 친구 아람이랑 이야기를 하면서 깨달았어요. 내가 좋아하는 것이 나에게 힘이 되고, 그게 나만의 방식으로 살아가는 거라는 걸요. 로안이 형의 노래는 제게 위로가 되고, 힘이 되어줍니다. 그래서 이제는 더 이상 그걸 숨기지 않기로 했어요. 제 행복은 제가 지켜야 하니까요. 그래서 다시 한번, 로안이 형의 팬으로서 힘을 내려고 합니다.'

도윤은 손끝으로 마지막 문장을 적으며, 마음속에서 커져가는 결심을 느꼈다. 자신만의 행복을 찾아가는 길을 이제는 두려워하지 않기로 했다.

'앞으로 형의 노래를 들으며 열심히 살고, 항상 응원할게요. 건강하고 행복하게 지내세요. 항상 감사하고, 응원해요!'

편지를 마친 후, 도윤은 봉투를 꺼내서 조심스럽게 편지를 넣었다. 그리고 한 번 더 그 글을 되새기며 마음을 가라앉혔다. 그는 이제 알았다. 그의 행복을 찾아가는 것이 중요하고, 그것이 로안이 형의 노래라면 그걸 놓지 않겠다고. 자신만의 힘으로 살기 위해, 그는 앞으로도 계속 노래를 듣고, 힘을 낼 것이다.

'로안이 형의 노래가 내 힘이니까.' 도윤은 속으로 다짐했다.

도윤은 속으로 다짐했다. 이제 그는 자신만의 행복을 찾아갈 준비가 된 것 같았다.

2부

어두운 시간 속에서

"행복이란 게 이렇게 쉽게 부서지는 거라면, 다시 찾으려고 애쓸 필요가 있을까?"
도윤은 자주 스스로에게 묻곤 했다. 하지만 그 질문에 대한 답을 찾을 수 없었다.
아마도 행복이란 게 존재한다면, 그는 그걸 다시 붙잡을 수 없을 것 같았다.

9. 빛이 사라진 밤

"공주야, 아람 공주! 일어나, 학교 가야지!"

엄마의 부드러운 목소리가 아람을 깨운다. 아람은 꿈에서 벗어나기 싫어 몸을 움츠리며 눈을 감고 있었다. 이불 속에서 꿈을 이어가고 싶었지만, 점점 더 커지는 현실의 소리가 무시할 수 없이 다가왔다.

"도대체 문은 왜 또 잠가놓은 거야? 내년이면 중3인데 언제까지 엄마가 깨워줘야 하니?"

엄마의 목소리가 점점 더 커지며, 아람은 눈을 감은 채로 한숨을 내쉬었다. 매일 아침 반복되는 잔소리였다. 아람은 자꾸만 꿈나라에 묶여 있고 싶었지만, 점차 현실의 소음이 깊이 파고들었다. 핸드폰 진동이 울리기 전까지도 아람은 꿈에서 벗어나기 싫었다.

"아, 누구야… 여보세요?"

잠에서 덜 깬 목소리로 전화를 받자, 그쪽에서 신경질적인 목소리가 터져 나왔다.
"너 아직도 안 일어났어? 시간이 몇 시인데! 중학생이 되면 알아서 일어나야지. 언제까지 내가 깨워야 해?"

아람은 대답할 틈도 없이 전화를 끊어버렸다. 자기도 모르게 그렇게 행동한 자신에게 놀라며, 그 후에는 핸드폰을 내려다보며 졸린 눈으로 일어나 침대에서 내려갔다. 문을 열고 나자마자 또다시 엄마의 잔소리가 기다리고 있었다.
"문은 또 왜 잠갔어? 언제까지 엄마가 깨워줘야 하는 거야! 아휴, 정말 답답해….."

아람은 지친 목소리로 엄마의 잔소리를 듣고 있었다. 잔소리에서 벗어나고 싶었지만, 그 모든 것이 너무 익숙해서 피할 수 없었다. 아람은 마음속으로 힘없이 한숨을 쉬며 등교 준비를 서둘렀다.
"아람아, 밥은 먹고 가야지!"
"아, 괜찮아요!"
매일 반복되는 일상, 아람은 그만큼 익숙해진 집안의 소리들을 무시하며 가방을 메고 집을 나섰다.

"하이, 도윤!"
"어, 안녕."
아람과 도윤은 오늘도 정류장에서 만나 통학버스를 기다린다.
"도윤아, 어제 로안이 화보 봤어?"
"아니 못 봤는데. 새로 찍은 거야?"
"응, 이번에 완전 대박이야! 레전드 갱신했다니까."
이제 '포리아'의 멤버 로안은 아람과 도윤의 대화에서 가장 중요한 주제가 되었다. 로안의 새로운 화보, 음악, 모든 것이 행복이었다.

"로안이 이번에 더 잘생겨지지 않았어? 진짜 어떻게 저렇게 잘생길 수 있지?"
"아람아, 워워. 멋있는 거 맞는데 소리 지르지 말고."
"미안! 근데 진짜 너무 잘생겼어."

학교에 도착한 후에도 로안에 대한 이야기는 끊이지 않았다. 아람은 도윤과 점심을 먹으며 로안에 대한 이야기를 계속했다. 그의 새 화보에 대한 감탄은 끝이 없었고, 도윤은 그저 웃으며 듣기만 했다. 아람의 목소리는 설렘으로 가득했고, 눈빛에서는 그가 얼마나 특별한 존재인지가 고스란히 묻어났다.

"로안이 이번엔 정말 대박이다. 이 화보 보면 진짜 심장 터질 것 같아. 어떻게 그렇게 자연스럽게 카메라 앞에서 웃을 수 있지?" 아람은 손톱을 물며 계속해서 이야기했다.

"아람아 너 요즘 너무 빠져있는 거 아니야? 일상생활이 불가능할 정도인데." 도윤이 장난스레 물었다.

"그냥… 그 사람은 내가 가장 좋아하는 아이돌이니까."
그녀는 웃으면서 말했지만, 마음속에서 로안이 차지하는 자리는 아무도 대신할 수 없는 특별한 것이었다. 로안은 단순히 노래를 잘 부르는 아이돌이 아니었다. 그는 아람의 세상, 그녀의 꿈이자 희망이었다.

– 띵동띵동
"자, 오늘은 어제 배웠던 연립방정식 복습할 거예요."

종이 울리고 수업이 시작되자, 선생님은 칠판 앞에 서서

공식에 대해 설명을 시작했다. 그러나 아람의 시선은 이미 책상 밑에 숨긴 핸드폰에 고정되어 있었다. 선생님의 목소리는 점차 아람의 귀에서 멀어졌고, 칠판에 적혀 가는 수식은 그저 흐릿하게만 보였다. 아람은 손톱을 물어가며 계속해서 핸드폰 화면을 응시했다. 선생님의 말은 그녀에게 더 이상 들리지 않았다. 대신, 눈앞에 펼쳐진 사진 속에서 로안이 웃고 있었다. 그 미소, 그 따뜻한 눈빛 하나하나가 아람의 마음을 간질이며, 마치 시간이 멈춘 듯한 기분이 들었다. 그녀는 그저 잠깐이라도 그 모습을 더 보고 싶었다.

하지만 그 순간, 화면이 갑자기 깜빡였다. 새로운 알림이 도착한 것이다. 아람은 무심코 손가락을 움직여 알림을 열었고, 화면에 뜬 건 믿을 수 없는 뉴스 속보였다. 첫 번째 문장이 그녀의 가슴을 차갑게 얼렸다.

[속보] 로안, 교통사고로 의식 불명… 현재 소망병원으로 이송 중

순간, 아람의 숨이 멎는 듯했다. 그녀는 손이 떨려서 핸드폰을 놓칠 뻔했다. 눈앞이 아득해졌다. 로안… 그 사람의 이름이 화면 속에서 떠오른다. 도저히 믿을 수가 없었다. 너무 갑작스러웠고, 너무도 충격적인 소식이었다.

아람은 떨리는 손으로 핸드폰을 다시 새로 고침하며 오보일 거라는 희망을 품었지만, 그것도 잠시. 선생님이 다가오며 핸드폰을 빼앗았다.

"수업 중에 핸드폰 보면 안 되지! 여기다 내놔."

"안 돼요, 선생님! 로안이… 로안이가….."

아람은 눈물이 차오르며, 그 순간에 모든 감정이 폭발하려는 듯했다. 하지만 선생님은 단호하게 핸드폰을 빼앗아 갔고, 아람은 아무 말도 할 수 없었다. 그녀는 그저 손을 움켜쥐고 하늘만 바라보며, 수업이 끝날 때까지 기다렸다.

학교 수업이 끝나자마자 아람은 급히 교무실로 달려갔다. 그곳에서 핸드폰을 돌려받기 위해 서둘렀지만, 막상 손에 쥔 핸드폰은 차가운 화면만을 보여주었다. 방전된 상태였다.

"아람아, 너 왜 그래?" 도윤이 다가와 걱정스러운 목소리로 물었다. 아람은 대답도 없이, 그저 급하게 도윤에게 손을 내밀었다.

"도윤아, 너 잠깐 폰 좀 빌려줘!" 아람의 목소리엔 떨림이 섞여 있었다. 도윤은 당황한 듯한 표정을 지으며 자신의 핸드폰을 건넸다.

"어, 알았어. 근데 잠깐만, 나 데이터 느려서…." 도윤은 중간에 말을 멈추고 잠시 망설였지만, 아람은 신경 쓰지 않고 그 핸드폰을 받았다. 손가락을 빠르게 움직였지만, 인터넷 연결이 잘되지 않았다.

"왜 이렇게 느려?" 아람은 손에 땀을 흘리며 화면을 탭했다. "로안이 소식 빨리 알아야 하는데!"

"나 무제한 아니라서 조금 느려. 근데 로안이는 왜?" 도윤이 물었지만, 아람은 그 말을 전혀 귀담아 듣지 않았다. 시간이 갈수록 심장이 쿵쾅거렸고, 머릿속은 온통 로안의 사고 소식으로 가득했다.

"도윤아, 나 먼저 갈게!" 아람은 도윤의 말을 들을 새도 없이 대답하고는 급히 자리를 떠났다. 머릿속은 아찔하게 공허했고, 오직 한 가지, 로안이 아직 살아있다는 희망을 놓을 수 없었다. 집까지 가는 길, 그녀는 그 희망만을 붙잡고 달렸다.

"로안아⋯ 제발, 제발 살아있어 줘⋯." 마음속에서 간절히 외쳤지만, 그 소리는 아무리 큰 소리로 내어도 하늘에 흩어져 사라질 뿐이었다.

집에 도착하자마자, 아람은 급하게 문을 열고 들어섰다. 숨을 헐떡이며 "다녀왔습니다!"라고 외쳤지만, 엄마의 대답을 들을 여유도 없이 티비 앞으로 달려갔다. 마침 뉴스에서 큰 사건을 다루고 있었고, 아람은 TV 화면에 다가가자마자 자막을 읽었다.

"오늘 오후 인기 아이돌 그룹 '포리아' 멤버 로안 씨가 교통사고로 의식을 잃은 채 병원에 옮겨졌지만 결국 사망했습니다." 그 문장이 아람의 눈앞에서 어지럽게 흔들리기 시작했다. 세상 모든 것이 멈춘 듯, 시간이 멈춘 듯했다. "경찰은 사고 경위를 조사하는 중입니다⋯." 자막이 계속해서 흘러갔지만, 아람은 그 모든 말들이 믿을 수 없었다.

그녀는 순간, 뺨에 흐르는 눈물을 느끼기도 전에, 그저 멍하니 화면을 바라보았다. 고통에 찬 그녀의 눈은 그저 화면에 얽혀 있었고, 아무것도 할 수 없었다. 로안의 이름이 자막으로 지나가며, 아람은 그 이름을 잡고 싶었지만, 그것은 이제 더 이상 그녀의 손에 닿지 않았다.

시간이 얼마나 지났는지 모르겠다. 그저 서 있는 것만으로도 힘들었고, 그저 그 자리에 얼어붙은 채로, 눈물만 흐르고 있었다.

"아휴, 공주야⋯ 그 로안이라는 친구가 네가 그렇게 좋아하던 아이 아니니?" 엄마의 목소리가 들려왔다. 하지만 아람은 아무 대답도 하지 못한 채, 고개를 들지도 않았다. 계속해서 눈물이 흘러내렸지만, 그 눈물이 무엇을 의미하는지조차 알 수 없었다.

10. 남겨진 공허

새벽녘의 어스름은 모든 색채를 삼켜버린 듯했다.

세상은 흑백의 스케치처럼 흐릿했고, 아람이는 손에 쥔 스마트폰 화면을 멍하니 바라보았다. 그녀의 눈앞에 펼쳐진 기사는 너무도 선명했다. '로안, 교통사고로 사망.' 그녀는 믿을 수 없었다. 너무 충격적이고 갑작스러운 소식이었다. '이 모든 게 오보였으면 좋겠다'라는 생각으로 몇 번이고 화면을 새로 고침했다. 그러나 화면 속에는 여전히 차가운 진실만이 있었다.

'왜 하필 로안이…'라는 생각이 머릿속을 가득 채웠다. 아람이는 답답한 숨을 내쉬며 다시 한번 스마트폰을 들었다. 그 순간, 인터넷에 퍼져 나가는 그의 사고 소식, 그를 추모하는 팬들의 글이 눈에 들어왔다. '로안이는 늘 우리를 위로했는데, 우리는 로안이를 지키지 못했다.' 이 문구가 가슴에 비수를 꽂는 듯했다. 수많은 사람들이 느끼는 상실감을 공감하면서도, 아람은 자신을 자책했다. '만약 내가 조금 더 그를 응원했다면, 무언가 달라졌을까?' 그럼에도 불구하고, 그녀는 알고 있었다. 이 비극은 누구의 탓도 아니라는 것을.

같은 시간, 도윤은 침대에 누워 스마트폰을 들고 있었다. 그 역시 로안의 팬이었다. 로안의 음악과 메시지가 도윤에게도 큰 위로가 되었고, 그로 인해 아람과 같은 충격적인 감정을 느끼고 있었다. 그러나 도윤에게 그보다 더 무겁게 다가오는 것은 바로 아람이었다.

도윤은 아람이 얼마나 로안을 사랑했는지 누구보다 잘 알고 있었다. 로안의 음악을 들으며 마음을 다해 울고 웃었던 아람, 그 음악을 통해 자신이 감추고 있던 감정들을 마주했던 아람. 그 모든 순간들이 도윤의 마음속에 선명히 떠올랐다. 그는 아람이의 마음을 깊이 이해했다. 그리고 어제, 아람이의 얼굴에서 본 위태로운 표정은 도윤에게 낯설지 않았다. 그것은 마치 예전에 자신이 겪었던 고통의 감정이 그 얼굴 속에 그대로 담겨 있는 듯했다. 그 표정은 말없이 모든 것을 말해주었고, 도윤은 그 감정을 정확히 알았다. 그것은 공허함과 슬픔, 그리고 자신을 지탱할 수 없는 무력감의 혼합이었다. 도윤은 알았다. 아람이, 그 역시 지금 자신이 겪었던 것처럼, 길을 잃고 헤매고 있을 것이라고.

새벽은 지나가고, 어둠이 물러가며 새로운 아침이 시작됐다. 세상의 색이 다시 채워지고, 빛이 새어 들어오며 평온을 되찾을 때쯤, 아람이는 엄마의 목소리에 깨어났다.

"공주야, 어서 일어나. 늦겠다."

아람이는 몸을 일으키려 했지만, 몸은 너무 무겁고 힘이 들어가지 않았다. 그녀는 침대에서 움직일 수 없었다.

"아람 공주, 이러다 버스 늦어!"

엄마의 다급한 목소리에 아람이는 억지로 몸을 일으켰다.

침대에서 일어난 그녀는 거울을 바라보았다. 눈이 부었고, 얼굴은 창백했다. 엄마는 걱정스러운 얼굴로 그녀를 바라보았다.

"눈이 왜 이리 부었어? 울었니?"

아람이는 고개를 저으며 말했다.

"아니에요. 그냥… 무서운 꿈을 꿔서요."

엄마는 한참 동안 아람이를 바라보며 걱정했다.

"오늘 대전 출장이라 먼저 갈게. 김치찌개 끓여 놨으니까 꼭 먹고 가."

아람은 김치찌개의 따뜻한 향이 그리워졌다. 그렇게 엄마는 급히 집을 떠났고, 아람이는 식탁에 놓인 밥을 바라보았다. 김치찌개는 국물이 붉고 뜨거웠다. 그러나 아무리 숟가락을 들고 밥을 떠도 목구멍을 넘지 않았다. 눈물이 다시 쏟아졌다. 아람이는 급히 밥을 내려놓고 교복으로 갈아입은 뒤, 집을 나섰다.

정류장에서 통학버스를 기다리던 아람은 그저 스마트폰을 꺼내 들었지만, 아무런 용기도 나지 않았다. 화면을 눌러도 아무것도 눈에 들어오지 않았고, 시간만 덧없이 흘러갔다.

사람들의 흐름 속에서도 그녀는 고립된 기분이었다. 마음 한 편에서는 누군가에게 기대고 싶었지만, 그럴 용기도, 마음도 남아 있지 않았다.

"아람아!"

그때, 도윤이가 정류장에 나타났다.

"아람아, 너 왜 이렇게….."

도윤은 아람이를 보고 놀랐다. 항상 웃음만 가득했던 그의 얼굴은 창백했고, 표정은 죽은 듯했다. 도윤은 아람이에게 다가갔다.

"아람아, 괜찮아? 어제 연락은 왜 안 받았어… 얼마나 걱 정했는데….."

도윤은 걱정스러워하며 물었다. 아람이는 고개를 숙인 채 아무 말도 하지 않았다. 그의 눈빛은 깊은 고통 속에 빠져 있 었다. 마치 세상에서 고립된 사람처럼 보였다.

"도윤아, 나… 너무 힘들어."

아람이의 목소리는 갈라져 있었다. 도윤은 놀라서 아람이를 붙잡았다.

"아람아…."

아람이는 잠시 고개를 숙이고 아무 말도 하지 않았다. 그의 입술은 떨리고 있었다. 그리고 나지막하게 말을 이었다.

"로안이…."

도윤은 그 이름을 듣고 아람이의 손목을 꼭 잡았다.

"아람아, 너 무슨 말 하려는지 다 알고 억지로 말하지 마… 그리고 이렇게 혼자 힘들다고 생각하지 말고… 내가 항상 옆에 있잖아."

그러나 아람이는 고개를 저었다.

"나도 모르겠어. 그냥, 너무 힘들어서… 나 혼자 있고 싶어."

도윤은 아람의 고통을 어떻게든 설득하려 했지만, 그녀가 말하지 않으려 하는 것을 더 이상 강요할 수 없었다.

"그래, 알았어. 더 이상 덧붙일지 않을게. 하지만 나, 언제든지 옆에 있을 거야. 너가 나한테 그랬던 것처럼. 그러니까 너무 외롭지 않게, 내가 지켜줄게."

도윤은 두 손을 꼭 잡고 아람이를 바라보았다.

버스가 정류장을 떠나자, 창밖으로 흐르는 풍경이 차갑고 비어 보였다. 그 안에서 아람이는 조용히 앉아 있었다. 도윤은 옆자리에 앉은 아람이를 흘끔 바라보며, 그가 무언가 말하려 할 때마다 입을 닫는 것을 느꼈다. 마음속으로 아람이를 돕고 싶었지만, 아무리 다가가려 해도 그 벽은 너무 높고 두터웠다. 그는 아람이가 마음의 상처를 숨기려고 애쓰는 모습을 알고 있었다. 오늘 아람이는 예전처럼 웃지도 않고, 그 무엇도 그의 마음을 열지 못했다.

학교에 도착한 후에도 상황은 달라지지 않았다. 아람이는 수업을 들으면서도 그의 시선은 항상 멀리 떨어져 있었다. 평소라면 도윤에게 다가와 가벼운 대화를 나누던 아람이가 오늘은 피하듯 움직였다. 도윤은 계속해서 아람이에게 말을 건 넸지만, 아람이는 여전히 그를 피하는 듯한 태도를 보였다.

"아람아, 나 매점 갈 건데 같이 가자. 내가 쏠게!"
"미안, 괜찮아."
"옥상 갈 건데 같이 갈래?"
"미안, 교실에 있을게."

평소처럼 학교에서 함께 웃고 떠들던 모습은 어디에도 보이지 않았다. 대신, 아람이는 자신만의 공간 속에 갇혀 있는 듯, 어디서도 소외된 채 있었다. 그 모습에 도윤이는 점점 더 걱정이 깊어갔다.

하굣길, 도윤은 아람이를 따라가며 조용히 그녀의 옆을 걸었다. 두 사람은 서로 아무 말 없이 걷고 있었다. 바람이 차갑게 불어왔지만, 그 차가운 공기 속에서도 도윤이는 마음속으로 아람이를 위로하고 싶었다. 그는 아람이가 로안이의 사망 소식에 깊은 슬픔에 빠져 있다는 것을 알고 있었지만, 그녀가 그 슬픔에서 벗어나기를 바랐다.

하지만 그럴수록, 아람이는 점점 더 멀어져 갔다. 도윤은 아람이의 어깨를 살짝 밀며 그를 붙잡았다.

"아람아, 잠깐만. 조금만 이야기하자."

도윤이 말했지만, 아람이는 고개를 돌려 그를 바라보지 않았다.

"괜찮아, 도윤아. 그냥 가자."

아람이의 목소리는 평소보다 훨씬 낮고 무거웠다. 그 목소리에 도윤은 잠시 머뭇거렸다. 아람이가 자신을 멀리하려는 것을 느끼고 있었지만, 그럼에도 불구하고 도윤은 다시 한번 아람이를 붙잡았다.

"너, 혼자서 너무 힘들어하지 마. 나 있어. 내가 옆에 있어."

도윤이가 그녀의 어깨를 부드럽게 흔들며 말했다. 그러나 아람이는 여전히 말을 하지 않았다. 그녀의 얼굴엔 표정이 없었다. 마치 아무것도 보지 못하고 아무것도 느끼지 않는 것처럼.

도윤이는 아람이의 모습을 보며 가슴이 먹먹해졌다. 아람이는 그 고통 속에서 무엇을 생각하고 있는지, 무엇이 그를 그렇게 괴롭히고 있는지 정확히 다 알 수는 없었다. 그저 그녀가 더 이상 혼자 두지 않기를 바랄 뿐이었다. 하지만 아람이는 계속해서 아무 말도 하지 않았고, 그 고통이 너무 깊어 그 누구도 건널 수 없는 벽처럼 느껴졌다.

"아람아…."

도윤은 간절하게 말했다.

"로안이도 아픈 사람들에게 다가가고, 언제나 힘이 되어주려고 했잖아. 로안이도 너가 이렇게 슬퍼하고 우울해하는 걸 원치 않을거야…."

도윤이의 말은 진심에서 우러나왔지만, 아람이는 그 말에 반응하지 않았다. 오히려 그가 한 걸음 물러서면서 길게 한숨을 내쉬었다.

"로안이가 그런 말 했었지…."

아람이가 겨우 말을 꺼냈다. 그 목소리는 간신히 들릴 정
도로 작았다.

"하지만… 나는 로안이를 지키지 못했어."

그 말에 도윤은 가슴이 찢어지는 듯했다. 아람이는 로안이
를 잃은 고통과 그로 인한 자책에 갇혀 있었다. 도윤은 그 고
통이 얼마나 깊은지 알 수 없었지만, 아람이를 조금이라도
위로해 주고 싶었다. 그래도, 아람이가 말을 하지 않는 것,
그 고통을 혼자서 짊어지려 하는 모습이 너무 슬펐다.

"아람아…"

도윤이 다시 말을 이었다.

"너 혼자 짊어질 필요 없어. 나도 있고, 나도 솔직히 로안
이가 떠나서 힘들어. 하지만 난 너가 더 중요해. 너가 슬퍼하
는 걸 볼 수 없어서, 내가 너 옆에 있을게. 무슨 일이든 나랑
같이 나누자. 너 혼자 힘들어하지 마."

아람이가 더 이상 아무 말도 하지 않자, 도윤은 잠시 그녀

의 손을 놓고 한 발자국 물러섰다. 도윤은 아람이를 떠나보내야 한다는 걸 알았다. 아람이가 자신을 혼자 두고 싶은 것 같아서, 그녀를 막무가내로 밀어붙일 순 없었다.

"그래, 알았어. 여기까지 할게. 대신 내가 항상 너 옆에 있을 거야. 내가 필요하면 언제든지 나한테 말해."

도윤은 미소를 지으며 말했다.

"너무 힘들면… 꼭 나한테 이야기해 줘."

아람이는 고개를 끄덕였고, 그 후에는 도윤을 더 이상 바라보지 않았다. 그는 고개를 숙이고 천천히 걸음을 옮기며, 도윤은 그가 떠나는 모습을 지켜보았다.

도윤은 그녀를 보내는 것이 맞다고 생각했다. 아람이는 아직도 고통 속에 있지만, 도윤이는 믿고 싶었다. 아람이가 다시 웃을 수 있을 것이라고. 그녀가 다시 예전처럼 밝게 웃을 날이 올 거라고 믿었다.

그렇게 도윤은 아람이를 보내주었고, 그녀가 혼자서 걸어가는 뒷모습을 멍하니 바라봤다. 도윤의 마음속엔 아람이의 고통을 덜어주고 싶은 바람이 있었지만, 그 고통은 너무나 깊고, 자신 스스로가 이겨내야만 하는 일이었기에 도윤은 그녀를 떠나보낼 수밖에 없었다.

11. 소리 없는 절망

꿈속에서 아람이가 나타났다.

그녀는 따뜻한 빛에 둘러싸여 도윤 앞에 서 있었다. 빛은 아람이의 주위를 부드럽게 감싸고, 그녀의 얼굴에는 평화로운 미소가 떠올랐다. 도윤은 그 미소에 마음이 먹먹해졌다. 현실과 꿈의 경계가 흐려지는 듯한 느낌이 들었지만, 그 순간 그는 아무 말도 할 수 없었다. 그저 그녀의 얼굴을 바라보며 목이 메어왔다.

"도윤아, 항상 행복해야 해."

아람이의 목소리는 부드럽고 따뜻했다. 그 말에 도윤은 손을 뻗어 아람이를 잡으려 했지만, 아람이는 점점 멀어져갔다.

"아람아!"

도윤은 꿈에서 눈을 뜨며 큰 소리로 아람이를 부르며 깨어났다. 숨이 거칠게 내뱉어지고, 이마에는 식은땀이 흥건히 맺혔다. 아람이의 목소리가 여전히 귓가에 맴도는 듯했다.

손을 쥐었다 폈다 반복하며 정신을 가다듬으려 했지만, 그 짧고도 무겁게 느껴졌던 말이 계속 머릿속에서 울렸다.

'항상 행복해야 해.'

도윤은 급히 핸드폰을 열어 어제 아람이에게 보낸 카톡을 확인했다. 그러나 여전히 그 속에 있었던 1이라는 숫자는 사라지지 않았다. 불안감은 점점 커졌다. 도윤은 급하게 버스 정류장으로 향했다. 버스가 올 시간이 다가와도 아람이는 나타나지 않았다.

"기사님, 아람이가 아직 안 왔어요. 잠깐만 기다려 주세요."

도윤이 간절히 부탁했지만, 기사님은 단호하게 말했다.

"그렇게 할 수는 없어. 다른 친구들의 시간도 맞춰야 해."

도윤은 당황하며 전화를 걸었지만, 전원 꺼짐의 통화음만 들려왔다. 손이 떨리며 두 번째, 세 번째 전화를 시도했지만 결과는 같았다. 걱정이 점점 커졌다. 아람이가 왜 연락이 되지 않는 걸까? 혹시 무슨 일이 생긴 걸까? 불안한 마음을 안고 학교에 도착한 도윤은 복도를 걷기 시작했다. 그러나 마음은 점점 더 무겁고 답답했다. 아람이가 걱정되었고, 자신도 모르게 두려운 마음이 밀려왔다.

'혹시 아람이가 나쁜 마음을 먹고… 아니야, 그런 일은 있을 리 없어.'

그러나 그 생각은 떠나지 않았다.

'하지만 혹시나… 아니야, 그럴 리 없어.'

도윤은 계속해서 자신에게 말을 걸었지만, 그 안개처럼 흐릿한 불안은 쉽게 가시지 않았다.

도윤은 이 상태로 교실에 가지 못하고, 화장실로 향했다.

화장실에 들어가 문을 닫고 조용히 앉았다. 손은 떨리고 숨이 가빠왔다. 정신을 가다듬으려 천천히 핸드폰을 열고 팬 커뮤니티 앱을 켰다. 알림이 폭발적으로 쏟아졌고, 그 속에서 로안의 죽음과 관련된 기사들이 눈을 찔렀다. "빛나는 별, 로안의 마지막 메시지", "로안, 교통사고로 사망…" 기사 제목 하나하나가 마치 칼날처럼 그의 마음을 찔렀다. 도윤은 기사를 피하기 위해 계속해서 스크롤을 하던 중, 팬 커뮤니티에서 아람이가 남긴 글이 눈에 들어왔다.

"이곳에서 오빠를 다시 만날 수 있다면 행복할 거야."

짧지만 무겁게 도윤의 가슴을 짓누르는 문장이었다. 그 글에서 느껴지는 절망은 그를 얼어붙게 만들었다. 그 의미는 무엇일까? 왜 아람이는 그런 말을 남겼을까? 도윤은 그녀의 절망을, 고통을 이해하려 했다. 그러나 자신도 모르게 그것이 단순한 슬픔이 아니라, 아람이의 삶에 대해 마지막으로 내놓은 신호처럼 느껴졌다.

불안한 마음을 안고, 도윤은 다급히 교실로 향했다.

"혹시 아람이 왔어?"

도윤은 간절한 목소리로 친구들에게 물었다.

"아니, 아직 안 왔는데…."

도윤 다시 한번 급히 전화를 해봤지만 역시 전원 꺼짐의 통화음만 들렸다. 상황이 심각해졌음을 인지한. 그때, 교실 문이 열리고 선생님과 경찰관이 들어왔다.

"혹시 아람이 본 사람 있니?"

그 말에 교실이 술렁이기 시작했다.

"어제 집을 나갔는데, 아직 돌아오지 않았다는 신고가 들어왔어. 어머니 말로는 아람이가 로안 팬이라던데, 혹시 아람이 관련된 얘기라도 들은 사람 없니?"

그 말에 도윤의 머릿속은 새하얘지고 심장은 내려앉았다. 아람이가 로안의 죽음으로 인한 슬픔을 극복하지 못한 걸까. 자신이 제때 그 신호를 알아차리지 못한 게 아닌가 하는 불안감에 휩싸였다.

이어 경찰관이 말을 이어갔다.

"로안의 교통사고 사건 이후, 로안 팬들이 실종됐다는 신고가 많이 들어왔습니다. 아람 학생도 평소와 다른 모습을 보이거나 혹시 무슨 얘기를 들은 사람이 있으면 알려 주세요."

도윤은 그 말을 듣자마자 급히 손을 들며 말했다.

"어젯밤, 아람이가 팬 카페에 글을 남겼어요. 그 글이 단순한 슬픔을 표현한 게 아니라, 뭔가 잘못될 것 같은 느낌이었어요."

경찰의 표정이 한층 더 심각해졌다.

"혹시 그 메시지가 올라온 시간이나 장소에 대한 단서는 없나요?" 도윤은 핸드폰을 열어 팬 커뮤니티를 다시 확인했다.

"어젯밤 11시쯤 올린 것 같아요. 정확한 장소는 모르겠지만, 메시지 안에서 그런 뉘앙스의 말을 했어요. 로안 오빠를 다시 만날 수 있다면…."

"학생, 그 글 캡처하거나 저장해 둔 건 있나요?" 도윤은 고개를 끄덕이며 핸드폰 화면을 보여주었다. 경찰관이 즉시 메모를 하며 핸드폰을 건네받던 순간, 경찰 무전이 들려왔다.

"하늘 공원 옆 소원강 다리에서 신고가 들어왔습니다. 한 학생이 다리에서 뛰어내린 것으로 보입니다."

무전이 끝난 순간, 교실은 충격에 휩싸였다. 모두가 서로를 바라보며 말을 잃었다. 그 충격적인 소식을 받아들일 수 없다는 듯, 교실은 잠시 정적에 잠겼다.

"네…. 바로 현장으로 가겠습니다."

경찰관은 급히 교실을 나섰고 도윤도 그 뒤를 따랐다.

"도윤아, 넌 교실에서 대기하고 있어!"

도윤은 무슨 일이 있어도 현장으로 가야 한다는 생각에 다급히 자리에서 일어섰다. 선생님과 경찰이 그를 잡으려 했지만, 뿌리친 후 미친 듯이 뛰기 시작했다.

"아람아… 제발… 제발…."

도윤은 거의 눈물에 잠겨 목소리가 갈라지며 달려갔다. 개천 근처는 이미 구조대원들과 경찰들로 붐비고 있었다. 들것에 눕혀진 사람의 얼굴에서, 피로 얼룩진 모습이 보였다. 아람이임을 깨닫는 데는 시간이 걸리지 않았다.

"아람아!"

도윤은 본능적으로 소리쳤다. 하지만 그 목소리는 구조대원들의 소음 속에 묻혀버렸다. 구급대원들이 심폐소생술을 시도하고 있었지만, 아람이는 이미 의식을 잃은 상태였다. 그때, 아람이의 어머니는 무릎을 꿇고 흐느끼며 울고 있었다.

도윤은 아무 말도 할 수 없었다. 그저 눈물이 흘렀다. 로안의 죽음에 이어 아람이까지 같은 길을 가게 만들었다는 죄책감이 도윤을 짓눌렀다.

다음 순간, 정신이 흐려지며 도윤은 바닥에 주저앉았다.

— 삐

— 삐

기계에서 들려오는 규칙적인 비프음이 고요한 공간을 채웠고, 흰 커튼 사이로 선생님의 실루엣이 보였다.

"도윤아, 괜찮니?"

선생님은 조심스럽게 도윤 쪽으로 다가오며 물었다. 천천히 눈을 뜬 도윤은 가장 먼저 아람이의 상태가 떠올랐다. 입술이 바짝 말라왔지만, 간신히 입을 열었다.

"쌤… 아람이는… 아람이 괜찮죠?"

선생님은 잠시 말을 잇지 못한 채 깊은 한숨을 내쉬더니 조용히 대답했다.

"다행히 수술은 잘 끝났어. 지금은 의식은 없지만, 경과를 좀 더 지켜봐야 할 것 같아. 그래도… 살아 있는 것만으로도 기적이야."

그 말을 듣자마자 긴장이 풀리면서도, 마음속 깊은 곳에서 찢어지는 아픔이 밀려왔다. 로안의 죽음에 이어 아람이까지 같은 길을 택하려 했다는 사실이 너무도 충격적이었다.

도윤은 한동안 아무 말도 할 수 없었다. 눈물이 고인 눈으로 천장을 바라보며 숨을 삼켰다.

"내가… 내가 조금만 더 신경 썼더라면… 이런 일은 막을 수 있었을 텐데…."

죄책감은 그를 짓누르며, 그동안 미처 알아차리지 못한 아람이의 고통이 떠올랐다.

"아람아, 미안해…."

12. 다시 돌아올 수 있다면

도윤은 병실의 차가운 침대에 누워 있었다. 의사의 진단은 다행히 단순한 쇼크 증상에 불과하다고 했지만, 그의 마음은 여전히 가라앉지 않았다. 아람이의 사건, 그 절망적인 순간들이 머릿속을 떠나지 않았다. 몸은 안정되었지만, 정신은 그 어떤 치료로도 회복되지 않았다. 선생님은 도윤의 어머니에게 전화를 하고 돌아와 그에게 따뜻한 말을 건넸다.

"도윤아, 네 어머니께 연락드렸어. 곧 오신다고 하니 조금만 기다리자."

도윤은 고개를 끄덕였지만, 그 순간에도 마음속에서는 불안과 초조함이 끊임없이 밀려왔다. 엄마가 이 일로 화를 내지 않을까, 자신을 귀찮아하지 않을까 하는 걱정이 머리를 가득 채웠다. 어릴 때부터 엄마는 항상 자신에게 엄격했었다. 무언가 잘못되었을 때는 그 이유를 묻고, 그에 대해 충분히 설명할 때까지 단호하게 대처하셨다. 그런 엄마의 태도를 알고 있던 도윤은, 이번 일로 그녀에게 실망을 안겨줄까 봐 두려웠다.

시간이 흐르고, 얼마 지나지 않아 병실 문이 열리며 엄마가 들어왔다. 그 순간, 도윤의 가슴은 마치 무거운 짐을 덮어놓은 듯 답답해졌다. 속으로는 엄마가 걱정하지 않기를 바랐지만, 동시에 그 모습이 너무도 두려웠다. 엄마가 어떻게 반응할지 알 수 없었기 때문이다. 그녀가 다가오는 발소리가 점점 가까워질 때마다, 도윤의 마음은 점점 더 무겁게 내려앉았다.

그러나 예상과는 달리, 엄마는 다급하게 달려와 도윤의 손을 꼭 잡았다. 눈에는 걱정이 가득했고, 도윤이 다친 곳이 없다는 사실에 한숨을 내쉬며 안도의 숨을 쉬었다.

"다친 데는 정말 없지? 어디 아픈 데는 없어?"

엄마는 손끝까지 살피며 도윤을 걱정스레 살폈다. 예상치 못한 엄마의 반응에 도윤은 떨리는 목소리로 대답했다.

"괜찮아요, 엄마. 진짜 괜찮아요."

그럼에도 불구하고, 엄마는 여전히 고개를 갸웃하며 도윤을 바라보았다.

그때, 의사와 담임선생님이 병실로 들어섰다.

"어머님, 아이가 크게 다치지 않아서 정말 다행입니다. 지금은 안정이 필요하니 푹 쉬게 해주세요." 의사의 말에 엄마는 다시 한번 고개를 숙이며 감사의 말을 전했다.

"정말 감사드립니다. 선생님도, 우리 아이 신경 써주셔서 정말 고맙습니다."

담임선생님은 미소를 지으며 말했다.

"아닙니다. 학생들을 지키는 게 제 책임이죠."

그 후, 선생님은 도윤의 머리를 살짝 쓰다듬으며 말했다.

"도윤아, 빨리 나아서 학교로 돌아와. 친구들도, 선생님도 모두 널 기다리고 있어."

도윤은 힘없이 고개를 끄덕였고, 선생님은 병실을 나가며 잠시 망설였다. 걱정스러운 눈빛을 남긴 채 문을 닫았다. 그 모습이 도윤의 마음을 더욱 무겁게 했다.

엄마는 도윤의 침대 옆 의자에 앉아 한참 동안 아무 말 없이 바라보았다. 도윤은 그 시선을 피할 수 없었다. 엄마의 눈에는 고인 눈물이, 도윤의 가슴을 찢어놓듯 아프게 내려앉았다. 그동안 볼 수 없었던, 자신을 향한 엄마의 모습이 조금은 당황스럽기도 하고, 동시에 마음 한구석이 아팠다. 그렇게 시간이 흐른 뒤, 엄마가 입을 열었다.

"도윤아… 괜찮니? 아람이 얘긴 들었어. 네가 많이 충격받았을 거라는 거 알아…."

도윤은 대답할 수 없었다. 대신, 그는 고개를 돌려 침대 쪽으로 몸을 돌리며 눈물을 참았다. "도윤아, 먹고 싶은 건 없어? 엄마가 뭐든 사다 줄게."

"괜찮아요."

도윤의 목소리는 조용히 떨렸다. 엄마는 도윤의 반응에 더이상 말을 잇지 못했다. 잠시 후, 도윤은 조심스레 입을 열었다.

"엄마… 아람이 병실에 가보고 싶어요."

엄마는 놀란 표정으로 도윤을 바라보았다. 잠시 후, 걱정스러운 표정으로 물었다.

"도윤아, 지금 괜찮겠니? 네가 더 힘들어할까 봐 걱정돼…"

"괜찮아요. 꼭 가야 할 것 같아요. 아람이한테 미안해서… 그리고 보고 싶어요."

엄마는 한참 동안 도윤을 지켜보다가 천천히 고개를 끄덕였다.

"그래. 같이 가자. 엄마가 곁에 있어줄게."

병실 복도를 걸을 때마다 도윤의 발걸음은 점점 더 무겁게 느껴졌다. 병실 문이 가까워질수록 가슴은 쿵쾅거렸다. 발소리조차 희미하게 느껴졌고, 그녀의 마음은 그만큼 무겁고 고통스러웠다. '내가 조금만 더 아람이의 고통을 알아챘다면… 내가 조금만 더 신경 썼다면…' 그런 생각들이 계속해서 떠올랐다.

엄마가 조용히 그녀의 어깨를 잡았다.

"도윤아, 힘들면 다시 병실에 돌아가도 괜찮아."

하지만 도윤은 고개를 저었다.

"아니에요, 엄마. 지금이 아니면… 못 할 것 같아요."

문 앞에 멈춰 선 도윤은 심호흡을 몇 번이나 반복하며 손끝이 떨렸다. 문 손잡이를 잡은 순간, 모든 것이 현실이 되어버린 것 같은 기분이었다.

'아람아…'

도윤은 입술을 깨물며, 천천히 문을 밀었다.

아람이가 있는 병실은 숨소리조차 들리지 않을 만큼 고요
했다. 침대 옆에는 아람이의 어머니가 앉아 있었다. 그녀의
눈은 퉁퉁 부어 있었다. 그리고 그녀는 도윤을 보며 조용히
말했다.

"네가 도윤이구나. 아람이가 네 얘길 참 많이 했었어."

그 말에 도윤은 가슴이 찢어질 듯 아팠다. 눈물이 고여서
넘칠 것 같았지만, 도윤은 그것을 참으며 아람이의 침대 옆
으로 다가갔다. 아람이는 산소 마스크를 쓰고 있었고, 그 얼
굴은 창백하게 질려 있었다. 링거가 연결된 작은 손은 차갑
고, 도윤은 그 손을 조심스레 잡았다.

"아람아… 제발… 제발 눈 떠줘. 나 너무 무서워…."

도윤의 떨리는 목소리가 조용한 병실 안에 메아리처럼 울
렸다. 그 순간, 아람이 어머니는 조용히 도윤을 바라보며 손
수건으로 눈물을 닦았다.

"다행히 수술은 잘 끝났단다. 지금은 안정이 필요하다고
하셨어. 경과를 지켜보자고 하더구나."

도윤은 그 말을 듣고 아람이의 손을 더욱 꽉 잡았다. 작고 차가운 손이 도윤의 마음을 더욱 아프게 만들었다.

'내가… 내가 더 신경 썼어야 했어. 로안이 때도… 아람이한테도… 다 내가 부족했던 탓이야.'

도윤은 자책하며 눈물을 흘리기 시작했다. 그는 간절히 기도했다.

'아람아, 제발 다시 우리 곁으로 돌아와줘. 네가 없는 세상은 너무 외로워… 너무 아파….'

손을 꼭 잡은 채, 도윤은 속으로 속삭였다.

13. 해답 없는 질문

도윤의 삶은 한순간에 무너진 것 같았다. 로안을 잃고, 아람이마저 의식을 잃은 지금, 그의 일상은 더 이상 예전과 같을 수 없었다. 로안의 목소리가 그에게 위로를 주던 시간도, 아람이와 함께 웃고 울던 순간도 이제는 기억 속에서만 머물렀다. 그런 그에게 행복이라는 단어는 더 이상 가까운 것이 아니었다.

"행복이란 게 이렇게 쉽게 부서지는 거라면, 다시 찾으려고 애쓸 필요가 있을까?" 도윤은 자주 스스로에게 묻곤 했다. 하지만 그 질문에 대한 답을 찾을 수 없었다. 아마도 행복이란 게 존재한다면, 그는 그걸 다시 붙잡을 수 없을 것 같았다.

학교에서는 공부가 점점 더 버거워졌다. 시험 기간마다 몰려오는 압박과 친구들의 성적 비교는 그를 점점 더 움츠러들게 만들었다. '네가 잘해야 네 미래가 밝아지는 거야.' 엄마의 말이 머릿속에서 떠나지 않았다. 하지만 도윤은 도대체 그 미래라는 게 어떤 모습일지, 무엇이 중요한 것인지 전혀 알 수 없었다. '지금 이 순간도 너무 힘든데, 그 미래가 정말 행복할까?' 그런 생각이 자꾸만 떠올랐다.

가정에서도 마찬가지였다. 부모님은 항상 다투셨고, 도윤은 점점 더 외로워졌다. '우리 집은 왜 이렇게 상처만 주고받을까?' 그 생각에 그는 자주 혼자 울기도 했다. 다른 친구들은 부모님과 행복한 시간을 보내는 것 같았지만, 도윤은 언제나 마음속으로 그 자리를 비워둬야 했다.

행복이란 게 도대체 무엇일까?
로안과 아람이를 잃고 나서, 도윤은 그 질문을 깊이 고민하기 시작했다. 예전에는 로안의 노래를 들으면 마음이 편안해졌고, 아람이와 함께 있으면 세상이 다 괜찮아지는 것 같았다. 그런 순간들이 그에게는 행복이었다. 그러나 이제 그런 순간들은 없고, 행복이란 단어는 점점 더 멀어졌다. '행복이 이렇게 쉽게 사라져 버릴 수 있다면, 다시 찾는 게 정말 의미 있을까?' 그저 물어보고 싶었지만, 대답은 돌아오지 않았다.

'행복을 다시 찾으려고 하면, 또 잃고 상처받을까 봐 두려워.' 도윤은 행복을 추구하는 것 자체가 아프게 느껴졌다. 그래서 차라리 아무것도 원하지 않는 편이 나을까? 그 생각에 자주 빠지기도 했다. 하지만, 그럼에도 불구하고 이런 생각이 들었다.

'그럼 평생 이렇게 아무런 감정 없이 살 수 있을까?'

그는 그 공허함을 계속 느끼고 있었고, 행복을 다시 찾을 수 있을지도 모른다고 생각했지만, 그것이 또 다른 아픔이 될까 봐 두려웠다. 행복이란 게 정말 존재한다면, 다시 찾을 수 있을까? 그 의문이 그를 점점 더 혼란스럽게 만들었다.

학교에서 받는 성적 압박, 집에서 느끼는 불화, 그리고 잃어버린 관계 속에서 도윤은 자주 자신에게 물었다.

'왜 나는 이렇게까지 힘든 걸까? 내가 뭔가 잘못한 걸까? 아니면 그냥 세상이 이렇게 힘든 걸까?'

모든 순간이 도윤에게는 마치 풀어야 할 숙제 같았다. 그 숙제를 풀려면 뭔가 답을 찾아야 할 것 같았지만, 그는 그 해답을 찾을 수 없었다. 어쩌면 해답이 없을지도 모른다는 생각이 들었다.

그는 그 질문을 다시금 자신에게 던진다.

'이 문제의 해답이 과연 존재할까?'

14. 슬픔의 무게

도윤이 병원에서 퇴원한 후, 학교로 돌아온 첫날이었다. 교실 문을 열자, 모든 시선이 자신에게 집중되는 것을 느낄 수 있었다. 그들의 시선은 걱정과 연민으로 엉켜 있었다. 그러나 도윤은 그 시선들이 오히려 낯설기만 했다. 그들은 그의 아픔을 짐작할 수 없었다. 그는 묵묵히 자리에 앉아 책을 꺼냈다. 사실 책을 읽을 마음은 없었지만, 손에 쥘 수 있는 것은 그것뿐이었다. 친구들이 그의 주변을 감싸며 말을 건넸다.

"도윤아 힘내, 지금은 힘들겠지만 시간이 지나면 괜찮아질 거야.", "맞아, 시간이 약이라는 말도 있잖아."

하지만 도윤은 그들의 말을 들으며 아무 대답도 하지 않았다. 그들의 위로는 그에게 아무런 위로가 되지 못했다. 시간이 지나도 모든 것이 옅어지지 않았다. 오히려 아픈 기억들은 점점 더 깊이, 더 무겁게 그의 마음을 짓누르고 있었다. 그 기억들이 더 선명해질수록, '시간이 지나면 괜찮아질 거야'라는 말은 그에게 한낱 공허한 소리로 들렸다.

'시간이 지나면 정말 괜찮아질까? 아니, 시간이 흐르면 그저 다 잊으라고 강요하는 건 아닐까?'

도윤은 그런 생각이 들었다. 친구들의 위로가 오히려 그의 마음을 더 억누르는 것 같았다. 시간이 지나면 괜찮아진다는 말이 얼마나 쉽게 들리는지, 그 속에서 진심을 느끼기란 어려운 일이었다. 그들은 그저 그의 상처를 외면하고 지나갈 뿐이었다. 그 말들이 도윤에게는 그저 텅 빈 소리일 뿐이었다.

시간이 흐르고, 선생님이 교실에 들어왔다. 친구들은 조용히 자리로 돌아갔고, 도윤은 그들이 자리를 잡은 후에야 고개를 들었다. 담임선생님은 잠시 전달 사항을 이야기한 후, 도윤을 불러냈다.

"도윤아, 괜찮니? 힘들겠지만, 오늘 상담실에 가서 상담을 좀 받아보자."

도윤은 마음속에서 한숨을 내쉬며 5층 상담실로 향했다.
복도는 그에게 이상하게 멀고 무겁게 느껴졌다. 선생님은 그
를 상담실 앞에 데려다주고 교무실로 돌아갔다.

　"도윤아, 오늘은 상담받고 교과 수업 대신 마음을 좀 편히
가져보자. 상담 잘 받아."

　도윤은 상담실 문 앞에서 몇 번이나 망설였다. '내가 여기
서 무엇을 해야 할까? 무엇을 말해야 할까?' 그가 두려운 것
은, 그 방 안에서 무엇을 말하든, 그 말들이 더 큰 고통으로
돌아올까 봐서였다. 그 고통을 마주하는 것이 두려웠다. 결
국 그는 무겁게 문을 열었다.

　상담실 안에는 따뜻한 공기가 감돌았다. 민지 선생님은 밝
은 미소로 그를 맞이했다.

　"안녕, 도윤아. 들어와도 괜찮아."

　도윤은 고개를 끄덕이며 방 안으로 들어갔다. 방 안은 따
뜻했지만, 그의 마음은 그 따뜻함과는 거리가 멀었다. 상담
실의 아늑한 분위기와 달리, 도윤의 마음은 여전히 얼어 있

었다.

"괜찮으면 여기 앉아서 천천히 이야기 나눠볼까?" 민지 선생님이 조심스럽게 물었다. 그러나 도윤은 아무 말도 할 수 없었다. 고개를 돌려 시선을 피했다. 자신이 입을 열면, 그 안에서 터져 나오는 감정들이 도저히 감당할 수 없을 것 같았다.

민지 선생님은 아무 말 없이 기다려주었다. 몇 분간의 침묵 속에서, 도윤은 결국 어렵게 입을 열었다.

"그냥… 와달라고 해서 온 거예요. 별로 할 말도 없고요."

민지 선생님은 고개를 끄덕이며 조심스럽게 말을 이었다.

"그래, 네가 아무 말도 하기 싫을 수도 있어. 이 자리도 불편할 수 있고. 하지만 네가 힘든 상황에서도 여기에 와준 것만으로도 참 대단하다고 생각해. 지금 네 마음속에 있는 것들, 천천히 꺼내 놓을 준비가 될 때까지 기다릴게."

그 말에 도윤은 잠시 흔들리는 눈빛을 보였지만, 다시 입을 꾹 다물었다. 민지 선생님은 그가 말할 준비가 될 때까지 조용히 기다려주었다. 그러다 결국 도윤은 어렵게 입을 열었다.

"로안… 로안을 좋아했었는데, 갑자기 떠나버렸고… 그리고 아람이도 떠나려고 했어요. 요즘은… 나도 다 끝내버리고 싶다는 생각이 들어요…."

그의 목소리는 떨리고 있었다. 민지 선생님은 아무 말 없이 고개를 기울이며 물었다.

"그런 생각이 든다면, 그만큼 네가 얼마나 힘들었는지를 보여주는 것 같아. 네가 그 감정을 나와 나누기로 한 것도 용기 있는 선택이야."

도윤은 눈물을 참으려 했지만, 결국 그 감정은 터져 나왔다. 떨리는 손으로 눈물을 닦으며, 그는 또 다른 질문을 던졌다.

"제가 로안을 안 좋아했다면, 뭔가 달라졌을까요? 아니면… 제가 잘못한 걸까요?"

민지 선생님은 잠시 생각에 잠기다가 조용히 다가가 도윤의 손을 잡았다.

"네가 느끼는 이 감정들, 모두 자연스러운 거야. 소중한 사람을 잃는 건 정말 큰 상처를 남기거든. 하지만 로안이의 일이 네 잘못은 아니야. 아무리 좋아했어도, 그가 겪은 모든 걸 바꿀 수는 없었을 거야."

도윤은 눈물을 흘리며 상담 선생님의 말을 조용히 들었다. 그의 마음 한편에서 조금씩 무겁던 감정이 풀리기 시작했다. 민지 선생님은 조용히 말을 이었다.

"도윤아, 지금 이 순간 네가 느끼는 슬픔과 혼란을 나와 함께 정리해 보는 건 어떨까? 네가 느끼는 모든 감정들은 네가 더 강해질 수 있는 힘이 될 거야. 로안도 분명 그런 메시지를 남기고 싶었을 거야."

도윤은 그 말을 듣고, 마음속에 숨겨왔던 또 다른 감정을 꺼내기 시작했다.

15. 잃어버린 현실 속에서

도윤은 학교에 가기 전, 아람이의 병문안을 가기로 결심했다. 아침 일찍, 아직 어두운 하늘을 뒤로 하고 병원으로 향했다. 아람이 어머니는 간이침대에서 잠에 빠져 있었고, 병실은 조용히 숨을 고르고 있었다. 도윤은 아람이의 방으로 가기 전, 잠시 머뭇거렸다. 문을 열기 전, 자신이 이곳에 와야 하는 이유를 곱씹었다. 그리고 조심스레 문을 열었다.

"아람아…."

도윤은 속으로 자신을 탓했다. 아람이의 사고, 로안의 죽음, 모든 것이 자기 탓인 듯한 기분이었다.

"나는 그저 우울한 사람일 뿐인데, 뭔 행복을 찾겠다고 하다가… 내 소중한 사람들까지 다치게 했어…."

그 말은 도윤의 마음에서 나왔다. 마음속에 무언가가 차오르며, 병실을 떠나기까지 시간이 흐르는 동안, 그저 공허한 기분만이 가득했다.

그날도 학교에 가서는 수업 대신 바로 상담실로 향했다. 아무리 마음을 다잡으려 해도, 그 공허함은 사라지지 않았다. 상담실 문을 열고 들어갔을 때, 선생님은 여전히 따뜻한 미소로 도윤을 맞아 주셨다. 도윤은 무겁게 발걸음을 내디디며 자리에 앉았다. 상담실은 언제나 따뜻하고 아늑했지만, 그 따뜻함은 이제 도윤의 마음과는 거리가 멀었다.

"오늘은 어땠어, 도윤이?"
선생님의 부드러운 물음에 도윤은 고개를 살짝 숙이며 답했다.
"그냥 똑같았어요."
그저 똑같았다. 로안이 떠난 이후, 도윤의 일상은 멈춘 것 같았다. 학교에 가고, 수업을 듣고, 다시 집에 돌아와 침대에서 로안의 노래를 반복해서 들으며 눈물을 흘리고, 그렇게 또 잠에 들기만 했다. 아침에 일어나는 것조차, 밤에 잠드는 것조차 힘겨웠다.
선생님은 고개를 끄덕이며 기다려주셨다. 그 침묵 속에서, 도윤은 그 누구보다도 자신에게 속삭이는 듯했다.
"도윤이는 어떻게 하면 행복해질 수 있을 것 같아?"
이 질문에 도윤은 멍해졌다. 행복. 그 단어는 이제 너무 멀리만 느껴졌다. 몇 년 전만 해도 행복은 도윤의 일상이었고,

포리아의 음악을 들으며 로안의 목소리에 위로받던 시간이 있었다. 그러나 지금은, 그 무엇도 그때처럼 돌아갈 수 있을 것 같지 않았다.

"저는… 잘 모르겠어요."

도윤은 고백하듯 말했다.

"사실… 행복해질 수 없을 것 같아요."

선생님은 도윤의 말을 차분히 받아들이며 고개를 끄덕이셨다.

"로안이 떠난 후로는 아무것도 의미가 없어요. 음악도, 학교도, 친구들도… 다 예전처럼 행복하지 않아요. 아무리 노력해도 그 전처럼 행복했던 순간으로 돌아갈 수 없을 것 같아요."

말을 이어가며 목소리가 갈라졌다. 도윤은 눈물을 참고 고개를 숙였다. 선생님은 조용히 기다리며 그의 고통을 온전히 느끼고 있었다.

"도윤아."

선생님이 다정하게 말했다.

"지금은 모든 것이 무너져 내린 것 같고, 다시 행복해질 수 없을 것처럼 느껴질 거야. 그런 기분이 드는 건 너무나 자연스러운 거고. 하지만 때때로 너무 먼 곳에 있는 행복을 찾으려 하기보다는, 아주 작은 것부터 시작할 수 있지 않을까?"

도윤은 선생님의 말이 마음에 닿았다. 그러나 여전히 그 작은 것조차 의미 없어 보였다.

"작은 것조차… 아무 소용이 없을 것 같아요."

선생님은 부드러운 미소를 지으며 말했다.

"그렇게 느껴질 수도 있어. 하지만 여기 와서 이렇게 이야기하는 것만으로도, 도윤이는 이미 스스로를 돌보고 있다는 뜻이거든. 그건 정말 중요한 걸음이야."

도윤은 선생님의 말이 조금이나마 위로가 되었지만, 여전히 마음속 깊은 곳에 무력감이 자리 잡고 있었다. 상담이 끝날 무렵, 선생님은 마지막으로 한 마디를 건넸다.

"도윤아, 행복은 생각보다 가까운 곳에 있을지도 몰라. 오늘 당장은 아니더라도, 조금씩 찾아볼 수 있을 거야. 그게 바로 로안도 네게 바랐던 일이 아닐까?"

그날 밤, 도윤은 다시 로안의 노래를 들으며 선생님의 말을 곱씹었다.

하지만 집에 돌아와서는 또 다른 갈등이 시작되었다. 학원에서 돌아와 침대에 누운 도윤에게 엄마가 다가왔다.

"도윤아, 엄마랑 얘기 좀 하자."

엄마의 말에 도윤은 귀찮다는 듯이 이불을 더 덮었다.

"나 오늘 피곤한데 다음에 얘기하면 안 돼요?"

"조금만 얘기하자."

엄마는 물러설 생각 없이, 도윤의 방문 앞에서 대기했다. 결국 도윤은 침대에서 일어나 식탁에 앉았다.

"오늘 담임쌤한테 전화 왔어."

"요즘 힘든 일이 있다는 건 알지만, 그 로안이라는 가수는 이제 놓아줘야지. 왜 자꾸 그 사람을 그리워해?"

엄마의 말에 도윤의 눈가가 붉어졌다.

"그 사람은 너의 존재도 몰라."

"엄마, 그 사람이 단순히 좋아하는 대상이 아니에요. 내 힘든 시간을 버텨주고, 위로해 준 사람이었어요. 그런 사람을 쉽게 잊을 수 없어요."

도윤은 울먹이며 말했다. 엄마는 그런 도윤의 모습을 보고 한숨을 쉬었다.

"그래, 알겠다. 네가 그렇게 좋아하는 사람이었으니까. 하지만 이제 그만 잊어야지. 계속 그렇게 상처받아서 어떻게 살려고 그래. 현실을 좀 봐야지."

"현실? 엄마는 현실만 중요해? 나한테는 로안이 현실이었어. 엄마는 모르잖아. 내가 얼마나 힘들었는지."

도윤은 자리를 박차고 일어나 방으로 들어가며 문을 쾅 닫았다. 엄마는 망연자실하게 문을 바라보며 깊은 한숨을 내쉬었다.

새벽을 넘긴 시간, 도윤은 방에서 나오지 않았다. 저녁밥
도 먹지 않고, 잠만 자고 있었다. 엄마는 걱정스러운 마음에
도윤의 방을 조심스럽게 열었다. 방 안은 어두웠고, 도윤은
침대 위에서 이불을 뒤집어쓰고 있었다.

　"도윤아, 문 좀 열어줘. 엄마 걱정돼."
　도윤은 아무 대답도 하지 않았다. 엄마는 조심스럽게 방에
들어가 도윤의 침대 옆에 놓인 로안의 사진과 굿즈들을 보고
무릎을 꿇었다.
　"이것들을 다 버려야겠어."
　엄마는 망설임 없이 도윤의 물건들을 정리하기 시작했다.
도윤은 잠에서 깨어나 엄마가 물건들을 버리는 걸 보고 급히
일어나 소리쳤다.
　"안돼! 내놔요!"
　도윤은 엄마를 붙잡았지만, 엄마는 물건들을 계속해서 버
리며 도윤의 손을 뿌리쳤다. 그 순간, 도윤이 들고 있던 로안
의 사진이 떨어져 바닥에 찢어졌다.
　"내놔! 내놔요!"
　도윤은 울부짖으며 바닥에서 찢어진 사진 조각을 주워 모
았다. 그러나 이미 사진은 엉망이 되어 있었다.

도윤은 절망감에 빠져 오열했다.

"엄마! 왜 이래요! 왜 내 물건을 함부로 버려요!"

도윤은 소리쳤지만, 엄마는 아무 말 없이 방을 나가버렸다. 도윤은 찢어진 사진 조각을 껴안고 한참을 울었다.

엄마는 자신의 행동을 후회하며 도윤의 상태를 살피고 있었다. 하지만 도윤은 이미 문을 꽉 닫고, 다시는 밖으로 나오지 않으려는 듯 이불 속에 몸을 숨겼다.

밤이 깊어지고, 방 안은 다시 고요해졌다. 도윤은 그저 눈을 감고, 로안의 목소리가 다시 들려올 때까지 조용히 기다렸다. 그의 마음은 여전히 무겁고, 힘들었다. 엄마의 말처럼, 현실을 살아야 한다는 것은 도윤에게 너무 벅찬 일이었다. 로안이 있었을 때의 그 평화롭던 날들이 너무 그리웠고, 그 시절로 돌아가고 싶은 마음이 계속해서 그를 괴롭혔다.

도윤은 결국 방을 나가, 집을 떠나기로 결심했다. 그곳에서는 더 이상 숨 쉴 수 없을 것 같았다. 갈 곳도 없었고, 집으로 돌아갈 용기도 나지 않았다. 발걸음은 무겁지만, 그는 결국 공원 벤치에 앉았다. 밤하늘을 바라보며 속삭였다.

"로안, 왜 이렇게 그리운 걸까…"

눈물이 흐르며, 도윤은 하늘을 향해 소리 내지 않고 말했지만, 그 속에 담긴 그리움은 끝없이 깊었다.

16. 멈춰버린 심장, 마지막 발걸음

　도윤은 마지막으로 아람의 병실을 찾았다. 병실 안은 너무나 조용해서 숨소리조차 크게 들리는 듯했다. 아람은 여전히 깊은 잠에 빠져 있었고, 그 얼굴에는 뭔가 이전과는 다른 느낌이 있었다. 미소는 있었지만, 그 미소는 마치 저 멀리 떠 있는 것처럼 보였고, 도윤은 아람의 손을 조용히 잡으며 속으로 이렇게 말했다.

　"미안해, 아람아. 나 더 이상 버틸 수 없을 것 같아."

　그 말은 아람에게 하는 말 같았지만, 사실은 그 스스로에게 전하는 독백이었다. 도윤은 자신이 얼마나 무력한지, 얼마나 결핍된 존재인지 실감하고 있었다. 그동안 참고 참았던 고통이 이제야 무게를 실어 온 느낌이었다. 그는 아람 곁에 앉아 아무것도 할 수 없는 자신을 원망하며 한숨을 내쉬었다.

　병실 안의 정적 속에서 도윤은 다시 말을 꺼냈다.

　"너는 괜찮아질 거야. 나는 모르겠지만, 넌 다시 웃을 수 있을 거야."

그 말은 마치 스스로를 위로하려는 헛된 시도처럼 들렸다. 도윤은 그 말을 하고 나서, 자신의 미안함을 어떻게든 아람에게 다 전하고 싶은데, 그게 불가능하다는 걸 깨달았다. 아람의 깊은 잠은 그에게 오히려 더 깊은 무력감을 안겨줬다.

병실을 나서며, 도윤은 한 발짝씩 걸음을 옮기며 마음속에서 텅 빈 공허함을 느꼈다. "미안해, 아람아. 나는 이 문제를 풀 수 없을 것 같아." 그게 그가 아람이에게 남길 수 있는 마지막 말이었다. 삶은 마치 풀리지 않는 문제처럼 느껴졌고, 그 문제의 답은 고사하고 질문조차 잘못 설정된 것 같았다.

병실을 나와 차가운 겨울 공기를 들이마시며, 도윤은 멈춰섰다. 모든 것이 흐릿하게 보였다. 세상은 차갑고 무의미해 보였으며, 그의 발걸음은 점점 더 느려졌다. 그는 자신에게 물었다.

"왜 나는 여기에 있는 걸까? 이 고통은 왜 끝나지 않는 걸까?"

하지만 그 대답은 생각보다 빨리 돌아왔다. 도윤은 스스로 말하고 있었다.

"아무리 고민해도 답은 없을 거야. 아마 애초에 답이 필요 없었던 걸지도 몰라."

그는 항상 자신의 삶을 풀어야 할 수학 문제처럼 여겼다.

그 문제를 풀어야만 뭔가 제대로 되는 것 같다고 생각했었다. 그러나 점점, 모든 게 풀리지 않는 숙제처럼 느껴졌다. 삶 자체가 하나의 퍼즐처럼 느껴졌고, 그 퍼즐을 맞추는 것보다 그 퍼즐이 왜 존재하는지에 대해 고민하기 시작했다.

"왜 살아야 하지? 이 끝없는 고통 속에서 나는 도대체 어떤 의미를 찾아야 하지?"

어두운 하늘 아래, 도윤은 차가운 공기를 더 깊게 마시기 위해 병원 건물의 한구석으로 발걸음을 옮겼다. 차가운 겨울 바람은 그의 얼굴을 스쳤고, 그 바람은 마치 모든 감각을 무디게 만들듯, 그의 온몸을 스며들었다. 도윤은 잠시 서서 깊게 숨을 들이쉬며 차가운 공기를 폐 깊숙이 들여보냈다. 공기가 그의 폐를 찌르며, 몸속의 모든 긴장이 풀어지는 듯했다. 그 순간, 그는 마음속에서 떠오르는 생각들을 모두 떨쳐내고 싶었다. 이 공기 속에서 모든 것을 잊고, 차갑게 식어버리고 싶었다.

도윤은 천천히 창문을 열고, 그 차가운 겨울 공기를 느끼며 한 발짝씩 난간 쪽으로 다가갔다. 그는 어느새 난간에 손을 올리고 있었다. 손끝에 닿은 금속의 차가움이 몸속으로 전달되었고, 그 느낌은 마치 그의 온몸을 붙잡고 있는 듯했다. 난간 위로 올라서서, 도윤은 잠시 눈을 감았다. 그의 발끝은 공중에 떠 있었고, 그는 그 자리에서 마치 세상의 모든 짐을 내려놓고 싶은 마음이었다.

그때, 그는 속으로 이렇게 생각했다. '어쩌면 끝내는 게 정답이었을지도 몰라.'

도윤의 마음속에서 차갑고 침묵적인 결정이 내리고 있었다. 그 생각이 그의 뇌리에서 맴돌며, 한순간 모든 것이 고요해진 듯했다. 그는 두려움 없이 고요한 밤하늘을 바라보며, 한 걸음 더 내디딜 준비를 했다.

그 순간, 귀에 갑자기 익숙한 목소리가 들려왔다. 도윤은 그 목소리에 움찔하며 눈을 크게 떴다. 그 목소리는 너무나도 친숙하고 따뜻했기에, 그의 몸은 순간적으로 반응했다. 바로 로안의 목소리였다.

그 노래는 천천히 흘러나왔다. 처음엔 아주 희미하게 들렸고, 도윤은 그것이 현실인지, 자신이 생각 속에서 듣고 있는 것인지 알 수 없었다. 하지만 점점 그 소리가 또렷하게 들려오기 시작했다. 그의 마음 속에서 그 목소리는 이제 단순히 음악이 아니라, 마치 살아 숨 쉬는 존재처럼 느껴졌다.

노래가 한 소절씩 이어질 때마다, 도윤은 그 말들이 자신에게 다가오는 느낌을 받았다.

♫♩ 무너진 모든 걸 뒤로 한 채 you, 일어서려 애쓸 필요는 없어 stop it ♩♫

도윤은 난간에서 조금 떨어지며 몸을 움츠렸다. 그 순간, 공기 속에서 흩날리는 노래의 가사와 로안의 목소리가 그의 마음을 간질였다. 그 목소리는 마치 그가 그동안 숨겨두었던 고통을 알아주는 듯했고, 그의 마음속 어딘가에서 작은 불꽃이 피어나는 느낌이 들었다.

　🎵🎶 가슴속에 남은 상처도 fade, 살아가는 것만으로 충분해 babe 🎶🎵

　도윤은 멈춰 섰다. 마치 그 노래가 그를 붙잡아 당긴 것처럼, 그는 발이 묶인 채로 그대로 서 있었다. 그 노래가 그에게 속삭이는 듯했다. "일어서려 애쓸 필요는 없어. 그냥 있는 그대로 살아가면 돼."

　도윤은 깊게 숨을 들이마시며, 로안의 노래 속 가사 하나하나가 머릿속에 스며들기를 바랐다. "살아가는 것만으로 충분해 babe." 그 말이 그의 마음을 파고들었다. 살아가는 것만으로 충분하다고? 그것이 과연 진짜일까?

　도윤은 그 순간, 자신에게 물었다. "왜 계속 살아야 하지? 왜 이렇게 힘들어야만 하는 거지?" 하지만 로안의 목소리가 그 질문에 대한 답을 던졌다. "살아가는 것만으로 충분해."

　그 순간, 도윤은 자신을 다시 한번 돌아보았다. 자신이 왜 이렇게까지 고통을 겪고 있는지, 왜 이렇게 삶이 힘들고 버거운지에 대해 다시 한번 생각했다.

그동안 도윤은 고통을 피하려고 애썼다. 아람의 부재, 그 자신이 겪어온 상처, 그리고 혼자서 싸워온 모든 것들이 그를 짓누르며 그는 끊임없이 그 고통을 끝내려고 했다. 그러나 그 끝이 보이지 않는 고통 속에서, 그는 점점 더 피폐해지고 있었다. 고통을 피하는 것만으로는 해결되지 않는다는 것을 이제서야 깨닫기 시작했다.

　　'왜 이렇게 아파야만 하는 걸까?' 그는 속으로 물었다. 하지만 그 질문은 이제 더 이상 답을 찾을 수 없는 질문처럼 느껴졌다. 대신, 그 질문 뒤에 따라오는 다른 생각이 도윤의 마음을 스쳤다. '어쩌면, 고통 속에서 그 무엇을 느끼고, 그 속에서 살아가려는 의지를 갖는 것만이 진짜 살아 있다는 증거일지도 몰라.'

　　그 말이 도윤의 마음속에 자리 잡는 순간, 그는 마치 어떤 무게가 내려간 것처럼 가벼워진 느낌을 받았다. 그동안 고통을 끝내야만 한다고 생각했던 그가, 이제는 그 고통을 피할 수 없다는 사실을 받아들이고, 그 속에서 무엇인가를 찾으려는 의지를 가지기 시작했다. 고통을 끝내는 것이 아니라, 그 속에서 살아가겠다는 결단을 내린 것이다.

　　도윤은 한 걸음 내디뎠다. 그 한 걸음이 매우 느리고, 무겁게 느껴졌지만, 그 발걸음은 분명히 그가 앞으로 나아가겠다는 결심의 표시였다. 그는 잠시 멈춰 서서, 가슴속에서 쌓여가던 무거운 마음을 느꼈다. 그 마음은 여전히 무겁고, 아프지만, 그 안에서 조금씩 풀어지는 듯한 느낌이 들었다. 고통을 겪고 있는 자신을 받아들이는 그 순간, 도윤은 자신이 살아가고 있다는 사실을 다시 한번 느꼈다.

그는 한 발자국씩 걸음을 내디디며, 점점 가벼워지는 마음을 느꼈다. 가슴속의 어두운 구석이 조금씩 밝아지는 것 같았다. 그는 그 한 걸음, 또 한 걸음을 내디디며 조금씩 더 나아갔다. '살고 싶어.' 그 마음속 깊은 곳에서, 도윤은 비로소 자신의 진심을 깨달았다. 더 이상 고통을 끝내려고 하지 않겠다고, 그 대신 그 고통 속에서 살아가겠다고 결심했다.

그는 잠시 멈춰 서서, 차가운 겨울바람을 느끼며 눈을 감았다. 그 순간, 로안의 노래가 다시 들려왔다. '무너진 모든 걸 뒤로 한 채, 일어서려 애쓸 필요는 없어, stop it' 도윤은 그 노래를 들으며, 자신이 이제까지 힘겹게 살아왔던 이유를 조금씩 이해하기 시작했다. 고통이 끝나지 않더라도, 그 속에서 살아가려는 의지가 중요하다는 것을. 그리고, 그 의지 자체가 도윤을 다시 살아가게 만드는 힘이라는 것을 깨달았다.

그는 다시 한 걸음 내디뎠다. 그 걸음은 이전보다 훨씬 가벼워 보였다. 겨울바람 속에서, 도윤은 조용히 속으로 다짐했다. '살아가고 싶어. 그냥 살아가면 돼.'

　그 말은 이제 도윤의 마음속에서 울려 퍼지고 있었다. 그 말은 단순히 고백이 아니었다. 그것은 그가 이겨내야 할 고통 속에서 살아가기 위한 의지의 표현이었다. 고통을 끝내는 것이 답이 아니었다. 고통을 이해하고 그 속에서 삶의 의미를 찾아가는 것이 진짜 살아가는 것임을, 도윤은 이제야 알게 되었다.

✴

3부

다시, 나를 찾아서

이 길 끝에서 어떤 일이 기다리고 있을지는 모르겠지만,
분명히 알 수 있는 한 가지가 있었다. 나는 살아가고 있다는 것,
그리고 앞으로도 계속 그렇게 할 거라는 것.

17. 살고 싶은 마음, 조금씩 찾아가는 행복

학교 상담실은 평소보다 조용했다. 선생님은 차분한 목소리로 도윤을 맞이했지만, 그는 고개를 들 수 없었다. 어젯밤에 차마 이루지 못했던 선택이 머릿속을 떠나지 않았다. 그고통은 여전히 도윤의 마음속 깊이 자리 잡고 있었다.

선생님은 부드럽게 말했다.

"들어와서 앉아볼래요?"

도윤은 무거운 발걸음을 옮기며 의자에 앉았다. 다리가 떨렸다. 손끝이 차가워져 무릎 위에 올려놓은 손이 더욱 얼어붙은 듯했다. 시선은 바닥을 향했고, 마음속에서는 수많은 말들이 뒤엉켰다. 아무리 말을 꺼내려고 해도 입이 열리지 않았다. 그 침묵은 그에게 부담스러웠지만, 선생님은 기다려

주었다.

"오늘 하루는 어땠어?"

선생님의 물음이 도윤의 가슴을 찔렀다. 그 말은 마치 그의 얇은 가면을 벗기려는 것처럼 느껴졌다.

도윤은 입술을 깨물며 한동안 아무 말도 하지 않았다. 그러나 결국, 속으로만 되뇌었던 말을 입 밖으로 꺼내었다.

"선생님, 저 어제 죽으려고 했는데 포기했어요."

선생님의 얼굴에 충격과 안타까움이 스쳐 지나갔다. 하지만 그녀는 아무 말 없이 도윤의 말을 계속해서 기다렸다.

"살고 싶어요."

도윤은 작은 목소리로 말했다.

"그런데 어떻게 살아야 하는지 모르겠어요. 그냥 너무 힘들어요."

선생님은 여전히 말을 하지 않았다. 그 침묵 속에서 도윤은 마치 처음으로 모든 것을 털어놓은 기분이었다. 그는 점점 더 편안함을 느꼈지만, 그만큼 속에서 갈등이 깊어졌다.

"잘 지내다가도요…."

도윤이 말을 이었다.

"잘 살아도 되나 싶고, 웃어도 되나 싶고, 그런 생각이 들어요. 그러면 또 너무 우울해졌다가 로안이 노래 들으면서 또 위로 받아요. 그러다 다시 울고요. 내가 힘들 땐 로안이 덕분에 위로받고 다시 살아갈 용기를 얻었는데 너무 미안해요. 내가 해준 게 없어서."

도윤의 눈에서 한 방울의 눈물이 떨어졌다. 그는 급히 손으로 눈가를 닦았다. 부끄러웠다. 약해 보이고 싶지 않았지만, 감출 수 없었다는 사실을 깨달았다.

"로안의 노래를 들으면, 마치 저한테 '괜찮아, 잘하고 있어.'라고 말해주는 것 같았거든요. 그래서 처음으로 행복이라는 것도 알았고요. 근데 로안이 이제 없으니까 어떻게 해야 할지 모르겠어요… 그래서 어제… 어제….”

도윤은 잠시 말을 멈추고 숨을 삼켰다.

“어제 정말 끝내고 싶었어요. 그런데… 너무 무서웠어요. 그리고… 그냥… 그 순간 살아야겠다고 생각했어요. 근데 지금은… 왜 그랬는지 모르겠어요. 왜 무서웠는지도 모르겠고… 살아가고 싶은데 그게 맞는 건가 싶다가도 자신이 없고 또 내가 틀린 건 아닐까 두려워요.”

도윤의 말이 끝난 뒤 선생님은 천천히 말했다. “그럼에도 불구하고, 너는 여기 있구나. 네가 이렇게 힘든데도, 살아야겠다고 결심한 거야.”

그 말은 도윤의 가슴을 찌르듯 울려 퍼졌다. 그는 고개를 끄덕였다. 지금 이 자리에 있다는 사실이 어색했다. 어제와 오늘의 자신이 마치 다른 사람처럼 느껴졌다.

“그 순간이 무섭게 느껴졌다면, 그건 네가 살아가고 싶다는 마음이 있기 때문일 거야.”

선생님은 부드럽게 말했다.

"지금은 힘들고, 길이 보이지 않겠지만, 네가 지금 이 자리에 있다는 것 자체가 큰 걸음이야. 그 자체로 충분히 잘해내고 있는 거야."

도윤은 그 말을 마음 속으로 되새겼다.

'그 자체로 충분히 잘 해내고 있다.'는 말은 낯설고 어색하게 느껴졌다. 한 번도 자신을 그렇게 생각해 본 적이 없었기 때문이다.

"근데요… 어떻게 해야 살고 싶어질까요?"

도윤은 용기를 내어 물었다.

"지금은 살고 싶다는 마음만으로도 충분해. 그다음은 천천히 찾아가면 돼. 혼자서 다 하려고 하지 않아도 괜찮아. 조금씩, 차근차근 찾아가 보자."

선생님의 말은 마치 차가운 겨울날의 작은 난로처럼 도윤에게 따스하게 느껴졌다. 뜨겁지는 않았지만, 차가운 손끝을 녹여주는 따스함이 있었다. 도윤은 조용히 고개를 끄덕였다. 비록 작은 걸음이었지만, 그것은 그가 처음으로 내디딘 한 걸음이었다.

상담실을 나서며 도윤은 여전히 혼란스러웠다. 머리와 마음이 온통 뒤엉킨 채로 발걸음을 옮겼지만, 어딘지 모르게 숨이 조금 더 편해진 듯한 느낌을 받았다. 잿빛 하늘이 조금은 밝아진 듯한 기분이었다.

'살아볼까… 조금만 더?'

그 순간, 도윤의 마음속에서 희미하게 그런 생각이 스쳤다.

+++

다음 날, 도윤이 상담실로 향하는 길은 어제와는 조금 달랐다. 여전히 혼란과 불안이 마음속에 뒤섞여 있었지만, 그는 어딘가에서 희미하게나마 빛나는 무언가를 붙잡고 있다는 느낌을 받았다. 어제 상담 선생님과 나눈 대화가 계속 머릿속에 맴돌았다.

"지금 이 자리에 있다는 것 자체가 큰 걸음이야."

그 말은 도윤에게 위로가 되면서도 마음 한구석을 찌릿하게 했다. 도윤은 자신도 모르게 속으로 되물었다. 정말 자신이 이 자리에 있는 것만으로도 괜찮은 걸까? 그리고, 정말 자신에게도 행복해질 자격이 있는 걸까?

상담실 문을 열며 도윤은 조용히 숨을 들이쉬었다. 선생님은 어제와 같은 따뜻한 미소로 도윤을 맞아주었다. 도윤은 어제보다 덜 떨리는 마음으로 자리에 앉았다.

"오늘은 어떤 마음으로 왔니?"

선생님이 물었다.

도윤은 잠시 생각하다가 조심스럽게 입을 열었다. "아직 힘든 건 똑같아요. 하지만… 어제 상담 끝나고 집에 가면서 생각을 많이 했어요. 행복해지고 싶다는 생각을 다시 해봤거든요. 그게 욕심 같아서 말도 못 했었는데, 지금은… 진심으로 행복해지고 싶어요."

그 말을 하는 순간, 도윤의 마음속에 무언가가 조금 풀리는 느낌이 들었다. 선생님은 그의 말을 차분히 듣고 있었다.

　"그건 정말 중요한 변화야. 네가 스스로 행복해지고 싶다는 걸 깨달았다는 건, 그 마음이 이미 네 안에 자리 잡았다는 뜻이야. 그걸 찾는 데까지 온 것만으로도 정말 대단한 일이야."

　도윤은 선생님의 말을 들으며 작게 고개를 끄덕였다. 하지만 여전히 궁금한 것이 있었다.

　"근데요… 제가 이렇게 행복해지고 싶어도 되는 건지 모르겠어요. 제가 웃고 행복하게 살아도 되는 건지… 제가 잘 지내는 게 오히려 그를 배신하는 것 같아서 너무 미안했거든요."
　그 말이 끝나자, 그의 눈가에 고인 눈물이 천천히 흘러내렸다. 선생님은 잠시 침묵을 지키다가 부드럽게 말을 이어갔다.
　"로안이가 너를 정말로 사랑했다면, 무엇보다 네가 행복하기를 바랐을 거야. 네가 슬퍼하는 모습보다는, 그의 음악을 들으며 미소 짓고, 잘 살아가는 모습을 보고 싶어 했을 거야. 네가 지금 이런 생각을 하고 있다는 것만으로도, 그는 하늘에서 미소 지으며 네 곁을 응원하고 있을지도 몰라."
　그 말을 듣는 순간, 도윤의 마음속에서 얽혀 있던 매듭이

하나씩 풀리는 듯했다. 로안이가 어떤 사람이었는지 그는 누구보다 잘 알고 있었다. 그는 항상 팬들에게 사랑을 전하며, 누구보다 팬들이 행복하길 바랐던 사람이었다

'로안이라면 내가 행복해지길 바랐을 거야. 내가 웃으면서 잘 지내길.'

그 생각이 도윤의 마음속에 깊게 자리 잡았다. 로안이가 노래와 메시지로 전했던 말이 바로 그것이었다. '힘내려고 애쓰지 마, 살아가는 것만으로도 충분해.' 그의 목소리가 다시 도윤의 마음속에서 울리는 듯했다.

"정말 그렇겠죠…?"

도윤이 조용히 물었다.

선생님은 고개를 끄덕였다.

"그럼. 네가 잘 살아가는 모습을 보고 로안이도 분명 기뻐할 거야. 그리고 네가 행복해지기를 누구보다 응원하고 있을 거야."

도윤은 그 말을 가슴 깊이 새겼다. 로안이가 떠난 뒤 처음으로, 자신이 웃어도 괜찮다는 생각이 들었다.

상담실을 나서는 길, 창밖의 하늘은 여전히 겨울빛이었다. 하지만 어제보다 조금 더 밝아 보였다.

도윤은 조용히 마음속으로 다짐했다. '그래, 로안이도 내가

행복하길 바랄 거야. 나도 행복해지고 싶어. 그러니까 천천히, 내가 할 수 있는 만큼 살아볼게.'

그날 이후로, 도윤의 슬픔은 완전히 사라지지는 않았다. 하지만 그 슬픔 속에서도 작은 희망이 움트기 시작했다. 로안이의 음악과 기억은 그를 지탱해 주는 힘이 되었다. 그리고 무엇보다, 행복해지겠다는 도윤의 결심은 로안이에게 보내는 또 하나의 감사이자 사랑이었다.

18. 엄마의 기도

　새벽 2시. 도윤은 갑작스럽게 잠에서 깼다. 거친 숨을 몰아
쉬며 눈을 뜬 그는 한동안 어둠 속에 누워있었다. 가슴이 답
답했다. 목도 바싹 말랐다. 그는 조용히 이불을 걷고 자리에
서 일어났다. 부엌으로 물을 마시러 가려는 걸음은 자연히
소리를 죽였다. 깊은 밤의 적막이 집안 곳곳에 내려앉아 있
었다.

　복도를 지나는 도중, 그는 멈춰 섰다. 어둠 속에서 희미하
게 새어 나오는 불빛이 눈에 들어왔다. 엄마의 방이었다. 도
윤은 잠시 망설였다. 평소 일찍 잠자리에 드는 엄마가 이 시
간까지 깨어 있을 리 없었다. 뭔가 이상하다는 생각에 조심스
레 다가갔다. 문은 조금 열린 채로, 방 안이 어렴풋이 보였다.

　틈 사이로 바라본 엄마는 방 한가운데 무릎을 꿇고 앉아

있었다. 두 손을 모은 그녀의 시선은 벽에 걸린 십자가에 고정되어 있었다. 얼굴에는 깊은 간절함이 서려 있었고, 어깨는 미세하게 떨리고 있었다.

"하나님… 제발 제 아들을 구원해 주세요."

낮고 떨리는 목소리가 도윤의 귀를 파고들었다. 엄마는 흐느끼는 목소리로 말을 이어갔다.

"제가 부족한 엄마라서 우리 도윤이가 얼마나 힘들었는지 다 이해하지 못했어요. 하지만 제발 아이가 이 고통에서 벗어날 수 있도록 도와주세요. 제가 더 좋은 엄마가 될 수 있게 해주세요. 제발… 제 아이를 지켜주세요."

엄마는 두 손을 모은 채 그대로 고개를 숙였다. 그녀의 떨림이 점점 커지더니, 마침내 울음이 터져 나왔다. 얼굴을 감싸 쥔 채 흐느끼는 엄마의 모습은 도윤의 마음에 깊이 박혔다. 엄마가 자신을 위해 이렇게까지 기도하고 있다는 사실이 그를 얼어붙게 했다.

도윤은 더 이상 그 모습을 지켜볼 수 없었다. 뒤돌아섰지만 발걸음은 무거웠다. 천천히 자신의 방으로 돌아온 그는 침대에 털썩 앉아 한숨을 내쉬었다. 온몸이 무거운 무언가에 짓눌리는 듯했다.

'엄마가 얼마나 힘드셨을까….'

마음속에서 문득 죄책감이 밀려왔다. 그는 고개를 숙이고 두 손으로 얼굴을 감쌌다. "엄마… 미안해…."

그날 밤, 그는 눈을 감고도 쉽게 잠들지 못했다. 엄마의 간절한 목소리가 귓가를 맴돌았고, 눈물로 젖은 그녀의 얼굴이 잊히지 않았다.

다음 날 아침, 도윤은 평소보다 일찍 자리에서 일어났다. 부엌에서는 엄마가 조용히 아침 식사를 준비하고 있었다. 어젯밤의 기억이 선명하게 떠오르며 도윤의 발걸음이 멈칫했다. 그는 잠시 머뭇거리다 천천히 엄마에게 다가갔다.

"엄마…."

엄마는 그의 목소리에 놀란 듯 고개를 돌렸다. 손에 쥔 국

자에서 김이 모락모락 피어오르고 있었다. 그녀의 표정에는
약간의 의문이 서려 있었다.

"왜, 도윤아? 무슨 일 있니?"

도윤은 시선을 바닥에 두고 말을 잇기 힘들어했다. 입술을
몇 번이나 꾹 깨물던 그는 어렵게 입을 열었다.

"엄마… 어젯밤에 엄마가 기도하는 걸 봤어요."

그의 말에 엄마의 손이 멈췄다. 그녀는 놀란 듯 눈을 크게
떴지만, 아무 말 없이 조용히 아들의 말을 기다렸다.

"엄마… 정말 미안해요. 제가 너무 힘들어서… 엄마한테도
힘든 일만 드린 것 같아요."

엄마는 한순간도 눈을 떼지 않았다. 그녀의 눈에는 슬픔과
연민이 뒤섞여 있었다. 잠시 후, 엄마는 조심스럽게 다가와
그의 손을 잡았다.

"도윤아, 그런 말 하지 마. 네가 힘든 건 네 잘못이 아니야.

내가 네 고통을 다 이해하지 못했던 게 미안하지… 하지만 엄마는 언제나 네 곁에 있고 싶어. 네가 힘들 때 더 큰 힘이 되어주고 싶어."

엄마의 따뜻한 손길이 전해지자, 도윤은 그만 눈물을 터뜨리고 말았다. 그는 떨리는 목소리로 말했다.

"엄마… 정말 고마워요. 나… 다시 한번 살아보고 싶어요. 천천히라도 괜찮으니까…"

엄마는 그를 꼭 끌어안았다. 그녀의 품은 언제나처럼 따뜻하고 안정감이 있었다.

"그거면 충분해. 천천히 해도 괜찮아. 엄마는 항상 네 곁에 있을 거야."

그날 아침, 도윤은 오랜만에 마음이 한결 가벼워지는 것을 느꼈다. 엄마와 함께 아침을 먹으며 그는 작지만 확실한 다짐을 했다.

+++

　며칠 뒤, 도윤은 아람이 있는 병원을 찾았다. 문 앞에서 잠시 망설인 그는 심호흡을 하고 조용히 문을 열었다. 병실 안은 고요했다. 아람은 여전히 의식이 돌아오지 않은 채 침대에 누워 있었다. 하얀 이불에 싸인 그녀의 모습은 마치 창밖에 펼쳐진 새하얀 겨울과 닮아 있었다.

　도윤은 천천히 침대 옆 의자에 앉았다. 손을 뻗어 아람의 차가운 손을 조심스럽게 잡았다.

　"아람아, 나야. 도윤."

　그의 목소리는 낮았지만 떨림이 느껴질 만큼 간절했다. 말문을 여는 것이 쉽지 않으나, 그는 입술을 깨물며 다시 한번 조용히 말했다.

　"네가 들을 수 있을지 없을지 모르겠지만⋯ 그냥 말하고 싶었어."

　그는 아람의 손을 바라보며 잠시 말을 멈췄다. 얇은 창백

함 아래 감춰진 그녀의 미세한 맥박이 그의 손끝으로 전해지
는 듯했다.

"나… 이제 살아보려고 해. 네가 깨어날 때까지 내가 기다
릴게. 그리고 기다리면서 나도 조금씩 나아가 보려고 해."

도윤은 고개를 숙여 그녀의 손등을 바라보았다. 밤새도록
고민하며 마음을 다잡았던 그 순간들이 떠올랐다. 그는 이내
천천히 숨을 내쉬며 이어갔다.

"엄마가 어젯밤에 기도하시는 걸 봤어. 그리고… 나를 이
렇게 사랑해 주는 사람이 있다는 걸 알게 됐어. 아람아, 너도
마찬가지야. 네가 나에게 얼마나 소중한 사람인지, 내가 꼭
전하고 싶어."

그는 손끝에 힘을 주며 아람의 손을 조금 더 단단히 잡았
다. 침묵 속에서도 그의 목소리는 병실에 묵직한 울림처럼
퍼졌다.

"그러니까… 너도 꼭 깨어나야 해. 우리 둘 다 여기서 멈출
순 없잖아."

도윤은 오래도록 그녀 곁에 앉아 있었다. 병실의 정적 속에서 시간은 느리게 흘렀고, 그는 말없이 그녀의 손을 감싸며 자신의 마음을 전했다.

그가 병실 문을 닫고 나서는 순간, 그의 발걸음은 더 이상 흔들리지 않았다. 발걸음은 여전히 무거웠지만, 그 안에는 명확한 결의가 담겨 있었다. 자신을 사랑해 주는 엄마를 위해, 그리고 언젠가 다시 눈을 뜰 아람을 위해.

도윤은 병원을 떠나며 고개를 들었다. 차갑지만 맑은 겨울 공기가 폐 깊숙이 들어왔다. 겨울은 아직 깊었지만, 그는 어느새 작은 봄의 기운을 기다리고 있었다.

19. 그늘 끝에 피어난 작은 불빛

그런 날이 있다.

가장 사랑하던 사람이 문득 떠오르는 날이 있다. 아무런 예고도 없이, 이유조차 알 수 없는 채로. 마치 오래된 책장을 넘기다 흘러나온 잊고 있던 꽃잎처럼, 그 사람의 기억은 불쑥 마음 한구석을 물들인다.

왜 그날이었을까. 바람이 조금 차가웠기 때문이었을까, 아니면 햇살이 유난히 부드러웠기 때문이었을까. 어쩌면 그것은 내 의지와는 전혀 무관하게, 그저 어떤 우연한 조합이 만들어낸 필연이었는지도 모른다. 그 사람의 흔적은 그렇게 우리의 의식과 무의식을 넘나들며, 삶이라는 커다란 모자이크 속 하나의 조각으로 남아 있다.

도서관 한구석에서 조용히 공부를 하던 도윤은 한동안 책

장만 바라보았다. 늘 집중을 방해하지 않던 주변의 소음도,
책 속 단어들도 그날따라 어쩐지 머릿속에 들어오지 않았다.
결국, 그는 한숨을 쉬며 손에 쥔 펜을 내려놓고 핸드폰을 꺼
냈다.

화면을 켜자마자 눈에 띈 것은 유튜브 추천 목록에 떠 있
던 익숙한 얼굴이었다. '로안의 인터뷰: 팬을 가장 사랑하는
아티스트' 제목 아래 밝게 웃는 로안의 모습이 있었다. 도윤
은 멍하니 화면을 바라보다가 손가락으로 영상을 눌렀다.

"안녕하세요, 로안입니다. 오랜만이죠?"

그의 밝은 목소리가 공간을 가득 채우자, 도윤은 눈을 떼
지 못한 채 이어폰을 더 깊이 귀에 꽂았다. 화면 속 로안의
미소는 여전히 따뜻하고 생생했다. 도윤은 잠시 숨을 삼켰
다. 그동안 로안의 영상도, 음악도 의도적으로 피하며 살아
왔던 자신이 떠올랐다. 그의 흔적을 마주하는 것이 너무 아
팠기에, 도윤은 오랜 시간 외면했다. 그런데 오늘은, 왜인지
모르게 보고 싶었다.

"로안 씨, 바쁜 일정 속에서도 이렇게 인터뷰에 응해주셔

서 감사드립니다. 요즘 팬들에게 많은 사랑을 받고 계신데, 기분이 어떠세요?"

"감사하죠. 제가 하는 일이 누군가에게 기쁨이 된다는 건 정말 행복한 일이니까요."

도윤은 그의 대답에서 겸손함을 느꼈다. 로안은 대중의 사랑을 받는 만큼, 그 사랑에 대한 부담을 짊어지고 있었을 것이다. 그럼에도 불구하고 그는 그것을 긍정적으로 받아들이고 있었다. 그의 마음은 여전히 온전하고, 사람들에게 진심을 전하는 데 집중하고 있었다.

"데뷔 후 정말 단기간에 엄청난 성공을 거두셨죠. 이렇게 빠르게 주목받을 거라고 예상하셨나요?"

"솔직히 전혀 예상 못 했어요. 그냥 제가 좋아하는 노래를 부르고 싶다는 마음뿐이었는데… 이렇게 많은 사랑을 받게 될 줄은 꿈에도 몰랐죠. 아직도 얼떨떨할 때가 많아요."

도윤은 그 대답을 읽으며, 로안이 가진 순수함을 떠올렸다. 그가 무대 위에서는 빛나는 존재였지만, 그 속에는 여전히 겸손하고 소박한 모습이 있었다. 그 모습이 도윤에게 깊은 인상을 남겼다.

"팬들이 로안 씨의 음악에서 위로와 용기를 얻었다고 이야기하는 걸 많이 들었어요. 그만큼 음악이 큰 영향을 끼치고 있는데, 로안 씨는 어떤 생각으로 노래를 부르시나요?"

"음… 저는 제가 가진 재능이 대단하다고 생각하지 않아요. 그저 제가 좋아하는 걸 하면서 누군가의 마음을 조금이라도 밝힐 수 있다면, 그걸로 충분하다고 생각해요."

그의 말에 도윤은 마음이 따뜻해졌다. 로안은 결코 대단한 인물이라 자부하지 않았다. 그는 그저 누군가의 마음에 빛을 비추는 일을 하고 있을 뿐이라고 말하고 있었다. 그 단순하고 순수한 대답 속에서, 도윤은 그가 정말로 세상에 전하고자 하는 메시지를 깨달았다.

"정말 단순하고 순수한 대답이네요. 하지만 부담감은 없으세요? 팬들의 기대가 클 텐데요."

"부담이요? 사실, 부담이 없다고 하면 거짓말이겠죠. 팬들이 저에게 보낸 사랑이 너무 커서 가끔은 '내가 그만큼의 사람이 맞을까?' 하고 의문이 들 때도 있어요."

도윤은 그 순간, 로안이 느꼈을 불안과 고뇌를 상상해 보았다. 수많은 사람들의 사랑과 기대 속에서, 그가 얼마나 힘들었을지 알 수 있었다. 그러나 그럼에도 불구하고 그는 팬들에게 진심을 다해 응답하고 있었다.

"그럴 땐 어떻게 극복하시나요?"

"음… 팬들의 편지를 다시 읽어요. 편지를 읽으면 마음이 단단해지거든요. 얼마 전에 받은 편지 중에 이런 내용이 있었어요. '로안 님의 노래를 듣고 살아갈 용기를 얻었어요. 당신이 제게 있어 빛과 같아요.' 이 말을 읽는데 눈물이 났어요. 내가 누군가의 하루를 밝히는 존재라면, 그걸로 내 삶은 충분히 가치 있다고 느꼈거든요."

도윤은 그 구절을 몇 번이고 반복해서 읽었다. "누군가의 하루를 밝히는 존재…." 그는 그 말을 되새기며, 로안이 진심으로 팬들과 소통하고 있었다는 사실을 느꼈다. 그가 전하는 음악은 단순히 멜로디나 가사를 넘어, 진심이 담긴 위로와 사랑이었다.

"그럼 로안 씨에게 팬들이란 어떤 존재인가요?"

"음… 제겐 팬들이 제 삶의 이유예요. 그들이 없었다면 지금의 저도 없었을 거고요. 사실, 팬들 덕분에 제가 더 나은 사람이 되고 싶다는 생각을 많이 해요."

"어떤 의미로요?"

"팬들은 제게 무조건적인 사랑을 주잖아요. 그런데 그 사랑이 그냥 얻어지는 게 아니라는 걸 알게 됐어요. 제가 더 열심히 살아가고, 더 좋은 음악을 만들어야 그 사랑에 보답할 수 있다고 느껴요. 그래서 저는 팬들과의 관계가 서로가 서로를 비추는 빛이라고 생각해요."

도윤은 그 말을 읽으며 눈을 감았다. 그의 말 속에서, 로안이 팬들과의 관계를 얼마나 소중히 여기고 있었는지를 느낄 수 있었다. 그들의 사랑을 받기 위해서, 그는 매일 더 나은 사람이 되기를 다짐하고 있었다. 그 빛이 서로를 비추는 관계는, 단순한 팬과 아티스트의 관계를 넘어서 깊은 유대감을 만들어내고 있었다.

"마지막으로, 로안 씨가 팬들에게 꼭 전하고 싶은 메시지가 있나요?"

"사실 이건 팬들에게뿐만 아니라 저 자신에게도 하고 싶은 말인데요. 삶이 힘들고 어두워 보일 때도 길은 반드시 있다고 믿었으면 좋겠어요. 그 길이 내 빛이 아니더라도, 누군가의 빛으로 이어질 수 있다는걸요. 그러니까 포기하지 말았으면 해요. 여러분도, 저도요."

도윤은 그 마지막 문장에서 멈춰 섰다. '길은 반드시 있다. 그 길이 내 빛이 아니더라도, 누군가의 빛으로 이어질 수 있다.' 그 말은 마치 어두운 터널 속에서 작은 불빛을 발견한 것처럼, 도윤의 마음을 밝히기 시작했다. 로안은 단순히 노래를 부르는 사람이 아니었다. 그는 자신의 빛으로 다른 사람의 어둠을 비추고 있었다.

도윤은 휴대폰 조심스럽게 덮으며 속삭였다. "누군가에게 의미 있는 사람이 된다는 것… 그런 삶도 있을 수 있구나." 그 순간, 도윤은 로안이 남긴 메시지를 가슴 깊이 새겼다. 그가 전한 빛은 이제 도윤의 마음속에서도 살아 움직이고 있었다.

+++

도윤은 병원 복도의 차가운 공기를 한 모금 들이키며 걸음을 옮겼다. 병문안을 가는 길은 항상 그를 무겁게 했다. 그의 발걸음이 무겁고 조심스러울 때마다, 아람이 여전히 회복되지 못한 상태에서 누워 있다는 사실이 그의 가슴을 짓누르곤 했다. 하지만 오늘은 조금 다르게 느껴졌다. 로안의 인터뷰에서 들었던 말들이 그의 마음속에 깊은 울림을 남겼다. "길은 반드시 있다. 그 길이 내 빛이 아니더라도, 누군가의 빛으로 이어질 수 있다." 그 말은 마치 어두운 터널 속에서 작은 불빛을 발견한 듯한 기분을 안겨주었다.

병실에 들어서자, 그곳은 고요하고 차가운 공기가 감돌았다. 아람은 여전히 의식이 돌아오지 않았다. 그의 얼굴은 여전히 창백하고, 숨소리만이 간간이 들릴 뿐이었다. 도윤은 꽃다발을 가슴에 안고, 조심스럽게 아람의 침대 옆에 앉았다.

"아람아…." 도윤은 조용히 그의 이름을 불렀다. 그의 목소리는 낮고 떨렸다. 아람의 눈은 감겨 있었고, 아무런 반응이 없었다. 도윤은 손을 천천히 아람의 손 위에 올려놓았다. 그 손은 차갑고, 마치 예전의 아람이 아니었다. 그런 손을 잡고 있자니, 도윤의 마음은 무겁고 복잡했다.

"나는, 이제 너에게 뭐라도 해줄 수 있을까?" 도윤은 속으로 물었다. 그동안 그는 아람에게 강한 척하며, 그를 지키려고 애썼지만, 오늘은 다르게 느껴졌다. 그는 더 이상 그저 누군가를 위해 강해지려고만 했던 자신이 아니었다. 로안의 말처럼, 누군가에게 의미 있는 빛이 되고 싶었다. 자기도 빛이 되어주고 싶었다.

"아람아⋯." 도윤은 고개를 숙이며 다시 속삭였다. "내가 이젠 조금 다르게 살아가려고 해. 너도 그렇게 강하게 싸우고 있다는 걸 알아. 그 힘을 나도 얻어서⋯ 이제 내가 너를 위해서라도 잘 살아갈 거야. 내가 약하고, 겁이 많았던 것도 사실이지만, 이제는 좀 달라지려고 해."

도윤은 조용히 아람의 손을 더 꽉 잡았다. 그의 입술에서 나온 말들은 아람에게 들리지는 않겠지만, 그는 그 말들을 그의 마음에 전하고 있었다. 그 동안 아람이 자신에게 주었던 무한한 사랑과 믿음을 이제는 도윤이 아람에게 돌려주고 싶었다. 그는 더 이상 아람이 그의 의지대로 강해지길 바라는 것이 아니라, 자신도 그의 길을 따라가며 조금씩 더 강해지기로 결심했다.

"너도 내가 나아지는 걸 볼 거야." 도윤은 눈을 감고, 그 말을 마음속으로 되뇌었다. "그리고 그때, 나는 너에게 어떤 빛이라도 되어줄 수 있을 거야. 내가 할 수 있는 게 있다면, 내가 그 빛이 되어줄게. 약한 나지만, 그 빛이 되는 길을 찾고 싶어."

그는 잠시 눈을 감고, 아람이 깨어날 그 순간을 기다렸다. 그 순간이 오면, 그때는 둘이 함께 다시 살아가는 길을 찾아가리라 다짐했다. 비록 지금은 아람이 의식을 잃고 있지만, 도윤은 확신했다. 그들이 다시 함께 웃을 수 있는 날이 올 것이라고. 그날이 오면, 그때는 더 이상 두려워하지 않고, 서로를 비추는 빛이 되어줄 것이다.

20. 빛을 나누는 자리

도윤은 여전히 로안의 마지막 인터뷰를 읽은 그날의 감정에서 헤어나지 못하고 있었다. 그의 말은 단순한 위로를 넘어서, 마치 자신에게 오래전 잃어버린 무언가를 되찾게 한 듯한 느낌을 주었다.

"누군가의 하루를 밝힐 수 있다면…."

그 문장은 도윤의 머릿속을 떠나지 않았다. 그 말이 너무 깊은 울림을 주었고, 마치 그의 음악과 목소리가 마음속에서 계속 울려 퍼지는 듯했다. "그의 말처럼… 나는 어떻게 하루를 밝힐 수 있을까?" 도윤은 그 질문을 되새기며, 마음속에 자리 잡은 무언가를 찾아 헤맸다.

하지만 하루, 이틀이 지나도, 마음속에 남아 있던 공허함은 쉽게 사라지지 않았다. 로안의 말은 그를 일으켜 세웠지만, 그저 일시적인 위로일 뿐이었다. 도윤은 그가 말한 '누군가의 하루를 밝힐 수 있다면'이라는 문장에 어떤 의미가 담겨 있는지 알기 위해 애썼다. 그 말속에서 자신을 위한 무엇인가를 찾고 싶었지만, 무엇도 채워지지 않는 듯한 기분이 계속해서 그를 짓눌렀다.

그날 밤, 그는 침대에 누운 채로 핸드폰 화면을 조용히 훑어보았다. 알고리즘이 추천해 준 영상들 속에는 여전히 로안의 모습이 있었다. 그러나 그는 재생 버튼을 누르지 않았다. 대신, 그는 검색창에 손가락을 올렸다. '로안을 기억하는 사람들' 그는 자신이 찾고 있는 것이 무엇인지 정확히 알지 못했지만, 어딘가에 비슷한 감정을 가진 누군가가 있을지도 모른다는 생각이 들었다.

몇 분간의 검색 끝에, 도윤은 우연히 '로안을 기억하는 사람들'이라는 작은 커뮤니티를 발견했다. 커뮤니티 소개 글에는 이렇게 적혀 있었다.

"로안의 음악과 따뜻한 목소리를 기억하는 이들의 공간. 그의 빛을 함께 이어가요."

도윤은 망설이며 화면을 내리거나 닫기를 반복했다. 이런 모임에 참여한다고 해서 정말로 자신이 바뀔 수 있을까? 괜

히 시간을 허비하는 건 아닐까? 그는 한동안 망설였지만, 결국 커뮤니티 담당자에게 메시지를 보냈다

"안녕하세요. 저도 로안을 기억하며 살아가는 사람입니다. 모임에 참여할 수 있을까요?"

몇 시간 후, 답장이 왔다.

"물론입니다. 우리의 마음은 모두 같으니까요. 이번 주 금요일에 만나요."

짧은 메시지였지만, 그 안에는 설명할 수 없는 온기가 느껴졌다. 도윤은 가슴 한구석에서 작은 무언가가 일렁이는 것을 느꼈다. 모임에 가기로 마음먹은 그의 마음에는 기대와 긴장이 뒤섞여 있었다. 아직은 미약했지만, 어쩌면 로안의 말처럼 그에게도 누군가의 하루를 밝히는 방법이 있을지도 모른다는 희망이 피어오르기 시작했다.

금요일까지 남은 며칠 동안 도윤은 자신이 로안에게 얼마나 많은 빛을 받았는지 떠올렸다. 그리고 그 빛을 어떻게 이어가야 할지 고민하기 시작했다. 금요일, 도윤은 모임 장소로 향하며 한 가지 다짐을 했다.

"나도 누군가의 하루를 조금 더 따뜻하게 만들어줄 수 있는 사람이 되고 싶다."

+++

첫 만남, 도윤은 모임 장소로 향하는 길 내내 긴장감을 느꼈다. '내 이야기를 꺼내도 될까? 사람들이 부담스러워하지 않을까?' 머릿속에서 질문들이 꼬리를 물고 떠올랐다. 그럼에도 불구하고 그는 깊은 숨을 들이쉬며 마음속으로 다짐했다. '완벽하지 않아도 괜찮아. 진심이면 돼.'

모임 장소는 아담한 카페 한구석이었다. 문을 열고 들어가자, 따뜻한 조명이 도윤을 맞이했다. 벽에는 로안의 사진과 그의 앨범 커버가 걸려 있었고, 테이블 위에는 팬들이 가져온 작은 소품들이 놓여 있었다. 공연장에서 받은 응원봉, 손수 만든 팬아트, 그리고 그가 사인한 앨범들까지. 모든 것이 로안을 사랑한 팬들의 마음을 담고 있었다.

도윤은 떨리는 손으로 테이블 옆에 자리를 잡았다. 모임에 온 사람들은 열댓 명 정도였다. 그들은 서로 조용히 미소를 지으며 도윤에게 인사를 건넸다.

"처음 오신 거죠?" 한 여성이 다가와 물었다. 그녀는 도윤보다 나이가 많아 보였지만, 따뜻한 눈빛으로 말을 걸었다.

"네… 맞아요. 사실 이런 자리는 처음이에요."

"괜찮아요. 여긴 다 같은 마음으로 모인 사람들이니까요. 저도 처음엔 많이 어색했어요."

여성의 배려 깊은 말에 도윤은 조금 안심하며 고개를 끄덕였다. 마음속에 쌓였던 불안이 서서히 사라졌다. 그의 긴장된 표정을 보고 사람들이 점차 마음을 열어가고 있다는 느낌을 받으며, 도윤은 천천히 그 공간에 녹아들기 시작했다.

모임이 시작되자, 사람들이 각자 로안과 관련된 자신의 추억을 나누기 시작했다. 누군가는 공연장에서 로안을 만난 순간을 이야기했고, 누군가는 그의 음악이 자신을 구해준 날에 대해 말했다.

한 남성 팬이 잠시 침묵을 깨고 말을 꺼냈다. "제가 우울증으로 정말 힘들었을 때가 있었어요. 그때 로안 님의 노래를 듣고 처음으로 울었어요. 단순한 위로가 아니라, 그 노래 덕분에 살아갈 힘이 생겼다고 해야 할까요… 그 노래 없었으면, 지금 저는 여기 없었을지도 몰라요."

도윤은 그 말을 들으며 울컥했다. 그 남성의 고백은 마치 그의 마음을 그대로 들여다보는 것처럼, 깊은 울림을 주었다. 그는 그때를 떠올렸다. 자신도 그런 날들이 있었다. 음악은 단순히 귀를 즐겁게 하는 것이 아니라, 마음속 깊은 곳에 있는 고통을 어루만져 주는 무언가였다. 그날 로안의 노래도 그랬다. 그의 목소리가 가슴속에서 조용히, 그러나 강하게 울리며 모든 아픔을 감싸주었던 기억이 떠올랐다.

다른 팬은 조용히 앨범을 꺼내며 말했다. "이건 로안 님 사인회에서 받은 거예요. 그날 제가 너무 떨려서 아무 말도 못 했는데, 로안 님이 먼저 '괜찮아요, 저도 처음엔 많이 떨었어요'라고 해주셨거든요. 그 짧은 말이 얼마나 큰 위로가 됐는지 몰라요."

그녀의 말에 도윤은 마음속 깊은 곳에서 따뜻한 기운을 느꼈다. 그녀가 말하는 그 짧은 순간의 배려가 얼마나 큰 영향을 미쳤는지, 도윤은 그 의미를 깊이 이해했다. 그 말 한마디로 사람을 위로하고, 힘을 줄 수 있다는 사실에 그는 다시 한번 놀라움을 느꼈다.

이제 도윤의 차례가 되었다. 그는 잠시 말을 잇지 못한 채

숨을 고르며 주먹을 꽉 쥐고 있었다. 그의 심장은 마치 고백을 앞두고 폭발할 듯이 빠르게 뛰었다. 그리고 천천히 입을 열었다. "사실… 저는 로안 님이 떠난 뒤로 아무것도 할 수 없었어요. 그분의 음악이 제게 전부였거든요. 그 음악이 없으면, 제 삶에 빛이 없다고 느껴졌어요. 그런데 며칠 전, 도서관에서 그의 마지막 인터뷰를 읽었어요."

모든 시선이 도윤에게 집중되었다. 그는 숨을 고르며 말을 이어갔다. "그분이 '누군가의 하루를 밝힐 수 있다면 그걸로 충분하다'고 말씀하셨더라고요. 그 말을 읽고… 제가 다시 살아가야 할 이유를 찾은 것 같았어요. 제가 받은 그 빛처럼, 저도 누군가에게 빛이 될 수 있을 거라고요."

그 말을 마친 뒤, 도윤은 조심스럽게 고개를 들었다. 사람들은 조용히 그의 이야기를 들으며 고개를 끄덕였다.

"저희 모두 비슷한 마음이었을 거예요."

"맞아요. 그분은 우리가 다시 일어설 수 있게 해주셨죠."

그때, 도윤은 마음속에서 무언가 묵직하게 풀리는 듯한 느껌을 받았다. 로안의 말이 단지 자신만의 위로가 아니었음을 깨닫는 순간이었다. 그는 혼자만의 힘이 아니라, 이 모든 사람들이 그의 음악 속에서 하나가 되고 있다는 것을 깨달았다. 이 자리가 그저 그를 추모하는 자리가 아니라, 서로의 아픔을 나누고, 서로를 위로하며, 다시 일어설 수 있는 힘을 모으는 공간임을 알게 되었다.

잠시 침묵이 흘렀다. 그 침묵은 기이할 정도로 따뜻하게 느껴졌다. 서로의 이야기가 담긴 공기 속에서, 사람들이 느끼는 고통과 그들이 지닌 상처들이 서로 얽히고 있었기 때문이었다. 어느새 그 방의 분위기는 비로소, 도윤이 처음 상상했던 '로안을 기억하는 사람들'이라는 공간의 진짜 의미를 느끼게 해주었다.

한 여성이 입을 열었다. 그녀의 목소리는 부드럽고, 그 속에 담긴 깊은 감정은 누구에게나 곧바로 전달될 수 있을 것 같았다. "저도 그 말, 기억해요. 로안 씨가 항상 말하던 게 있어요. '이 세상에서 가장 중요한 건, 결국 나 자신을 잃지 않는 거'라고. 저는 그 말을 들으면서 제 자신을 되찾았어요. 제 삶에서 내가 없다고 느껴졌을 때, 그 말이 얼마나 큰 힘이 되었는지 몰라요."

그녀는 잠시 눈을 감고 깊은 숨을 내쉬며 말을 이어갔다. "한동안 너무 힘들었어요. 일이 잘 안 풀리고, 내 인생이 내가 아닌 다른 사람처럼 느껴졌을 때, 로안 씨의 음악을 들으며 그저 눈물만 흘렸죠. 그 음악이 저를 일으켜 준 거예요. '내가 나를 찾을 수 있다면, 다시 시작할 수 있다'고."

도윤은 그녀의 말을 들으며 묵직한 감정이 밀려오는 것을 느꼈다. 그녀가 경험한 고통이 너무나도 현실적으로 다가왔고, 그녀의 목소리에서 묻어나는 아픔은 마치 자신이 겪어본 일처럼 선명했다. 도윤은 살짝 고개를 숙이고, 고통의 파도 속에 묻혔던 자신의 감정을 되돌아봤다.

그때, 한 남성 팬이 이야기를 꺼냈다. 그의 목소리는 낮고 무겁지만, 그 속에 담긴 진심은 누구나 느낄 수 있었다. "저는 사실… 로안 님의 음악이 아니었으면, 아마 지금 이 자리에 앉아 있지 않았을 거예요." 그 남성 팬은 잠시 말을 멈추고, 깊은 숨을 내쉬며 계속했다. "한때, 모든 것이 너무 무겁게 느껴졌어요. 아무리 노력해도 끝이 보이지 않았고, 삶이 계속해서 나를 밀어내는 것만 같았죠. 그런 날들 속에서 우연히 로안 님의 노래를 들었어요. 그 노래의 가사와 멜로디가 내 안에 닿으면서, 갑자기 가슴이 따뜻해지는 느낌을 받앞어요. 마치 내가 느끼고 있던 외로움과 고통을 그분이 알아주고 있는 것 같았죠. 그 노래 덕분에 조금씩 다시 일어설 수 있었어요. 그때 알게 됐어요. 음악이란 단순한 소리가 아니라, 사람을 이어주는 다리라는 걸요."

도윤은 그 말을 들으며 눈이 핑 돌았다. 그 남성의 고백은 마치 그의 이야기를 그대로 빼닮은 듯했다. 도윤도 똑같은 아픔을 겪었고, 그 아픔을 노래를 통해 조금이나마 덜어낼 수 있었다는 사실이 그의 마음을 흔들었다. 도윤은 순간, 자신도 모르게 눈물이 맺혔다. 그 남성의 이야기가 너무나도 자신의 이야기 같았고, 그 말이 자신에게도 깊은 울림을 주었다.

"저도 비슷해요." 도윤은 한숨을 내쉬며 고백했다. "로안 씨의 음악은 제게 단순한 배경음악이 아니었어요. 그분의 목소리가 없으면, 하루가 그저 지나가는 것만 같았고, 뭔가 의미 없는 시간 같았어요. 하지만 그분이 떠나고 나서, 그 빈자리가 너무 커서… 아무것도 할 수 없었어요."

도윤의 말에 사람들이 고개를 끄덕였다. 다들 그가 겪은 고통을 이해하는 듯한 표정이었다. 한 여성이 부드럽게 말을 이어갔다. "그렇죠. 그분이 떠난 후에, 그 공허함이 얼마나 컸을지 누구보다 잘 알아요. 저도 그랬으니까요. 그런데 그분이 남긴 말과 음악이, 결국 우리에게 힘을 주고 있다는 걸 깨달았을 때, 조금씩 다시 일어설 수 있었어요. '누군가의 하루를 밝힐 수 있다면…' 그 말이, 우리의 마음을 다시 이어주는 것 같아요. 우리가 그분에게 받은 빛을 다른 이에게도 나누자는 뜻인 것 같아요."

도윤은 고개를 숙이며 그 말에 깊은 동감을 표했다. 그 말 속에서, 그는 자신도 다시 한번 살아갈 이유를 찾은 듯한 기분이 들었다. 그리고, 자신이 받은 사랑과 위로를 다른 사람에게도 나누고 싶다는 결심이 들었다. "그렇다면, 저도 나누고 싶어요." 도윤은 조심스레 말을 이었다. "저는 아직 그 방법을 모르지만, 저도 누군가에게 작은 빛이 되어주고 싶어요. 그분이 제게 전해준 것처럼… 빛을 나누고 싶어요."

그의 말에 사람들은 고요한 침묵 속에서 서로를 바라보았다. 그리고 한 명씩, 또 한 명씩 이야기를 이어갔다. 로안이 남긴 음악과 말은 이제 그들에게 단순한 위로가 아니었다. 그들은 이제 그 빛을 받아, 서로를 밝히기 위해 모인 사람들이었다. 각자의 상처를 품고 있지만, 그 상처를 치유하며 새로운 힘을 얻기 위한 여정을 함께하는 사람들이었다.

모임이 끝나갈 무렵, 도윤은 그동안 느껴본 적 없는 감정을 품고 있었다. 이 자리가 단순한 추모가 아닌, 서로의 아픔을 이해하고 함께 치유해 나가는 소중한 공간임을 깨닫게 된 것이다. 로안의 음악이 그들에게 남긴 것은 단지 멜로디와 가사만이 아니었다. 그것은 서로를 이어주는 빛이었고, 그 빛을 나누는 것이 그들의 새로운 다짐이 되었다. 도윤은 그 빛을 품고, 자신의 길을 다시 걸어가기로 마음먹었다.

"빛을 나누는 사람이 되자." 도윤은 속으로 다짐하며, 그 자리를 떠날 때 마음이 더 이상 무겁지 않음을 느꼈다.

21. 로안의 메시지를 이어가는 길

도윤은 그날 팬 모임에서 나눈 이야기들과 사람들의 목소리를 가슴속에 담고 집으로 돌아왔다. 그들의 감동적인 이야기와 로안의 음악에 대한 깊은 애정이 그에게 큰 울림을 주었다. 도윤은 그동안 느꼈던 공허함을 잠시 잊을 수 있었고, 로안의 음악이 단지 과거의 추억에 그치는 것이 아니라 여전히 살아 숨 쉬고 있음을 깨달았다. 그들의 목소리에서 도윤은 새로운 힘을 얻었다. 이제는 더 이상 혼자 슬퍼하지 않겠다는 결심을 했다.

집에 돌아온 도윤은 가장 먼저 로안의 마지막 인터뷰 영상을 틀었다. 그의 목소리가 다시 한번 도윤의 마음을 흔들어 놓았다. '누군가의 하루를 밝힐 수 있다면 그걸로 충분하다' 그 말은 단순한 위로의 말이 아니었다. 사람들에게 세상을 향해 나아가도록 용기를 주고, 누군가에게 긍정적인 영향을 미칠 수 있는 힘이 되었다.

그 순간, 도윤은 결심했다. 로안의 메시지를 더 많은 사람들에게 전해야겠다고. 그날 팬 모임에서 나눈 이야기들이 떠올랐다. 여러 팬들이 자신들의 경험을 나누며 로안의 음악이 그들에게 얼마나 큰 의미였는지 이야기할 때, 도윤은 갑자기 하나의 아이디어가 떠올랐다. "로안의 메시지를 더 많은 사람들에게 전해야겠다."

그는 그날 모임에서 나눈 이야기들이 계속해서 마음속에 맴돌았다. 팬들이 나누었던 추억과 감정, 그리고 로안의 음악이 그들에게 준 위로와 힘은 그에게도 큰 영향을 미쳤다. 도윤은 자신이 깨달았다. 로안의 메시지는 단순히 그가 남긴 노래들 속에만 담겨 있는 것이 아니라, 그 음악을 사랑하는 사람들 안에 살아 숨 쉬고 있다는 것을. 그 메시지를 더 많은 사람들에게 전해야 했다.

"로안의 음악이 나에게 어떤 의미였는지, 나만 알면 안 되겠어. 이 메시지를 더 많은 사람들에게 전해야 해."

도윤은 그렇게 다짐하며 마음속에서 하나의 아이디어가

떠올랐다. 팬들의 이야기와 로안의 메시지를 하나로 엮어, 그가 떠난 이후에도 여전히 살아 숨 쉬는 그의 진심을 세상에 전할 수 있는 방법을 생각했다. 단순히 추모 영상이나 과거의 기억을 떠올리는 영상이 아니라, 로안의 음악과 그의 메시지를 오늘날까지 이어 나갈 수 있는 의미 있는 콘텐츠를 만들어야겠다고 결심했다.

하지만 단순히 로안의 인터뷰 영상만 담는 것으로는 부족하다고 생각했다. 그저 로안의 목소리만 담는다면 그의 메시지를 온전히 전달할 수 없을 것 같았다. 도윤은 여러 사람들의 목소리를 함께 담아야 한다고 확신했다. 그들이 직접 나누었던 이야기, 로안의 음악이 그들에게 어떤 의미였는지, 그들이 느꼈던 감정들이 영상에 담겨야 했다. 그들의 이야기와 경험이 들어가면, 이 영상은 단순히 추모의 차원을 넘어서, 더 많은 사람들에게 깊은 울림을 줄 수 있을 거라 믿었다.

도윤은 곧바로 팬들에게 소셜 미디어를 통해 연락을 했다. "로안 님의 음악이 여러분에게 어떤 영향을 미쳤는지, 그 음악이 여러분의 삶에서 어떤 의미였는지를 함께 나누고 싶어요. 여러분의 이야기를 들려주세요." 예상보다 많은 팬들이 응답했다. 그들은 로안과의 소중한 추억을 나누었고, 그가 남긴 메시지에 대한 각자의 생각을 전해주었다. 그들의 이야기는 도윤에게 큰 감동을 주었다.

"로안의 노래 덕분에 내 삶이 바뀌었어요. 그가 나에게 준 메시지는 내 삶의 중요한 일부가 되었죠."

"로안의 음악이 나에게 힘을 주었어요. 그는 정말 많은 사람들에게 빛을 주었어요. 나도 그 빛을 계속 이어가고 싶어요."

도윤은 그들의 이야기를 하나하나 읽으며 확신을 가지게 되었다. 이제는 단순히 추억을 담아내는 것이 아니라, 그 메시지를 더 많은 사람들에게 전해야 한다는 생각이 굳어졌다. 그의 마음은 점점 더 커져갔다. 이제 그가 만들 영상은 개인적인 추모의 기록이 아니라, 많은 사람들에게 전해져야 할 메시지가 되었다.

영상을 제작하는 과정은 결코 쉽지 않았다. 도윤은 여러 번 영상 편집 프로그램을 열고, 로안의 인터뷰 영상을 다시 돌려보며 중요한 부분을 정리했다. 그때마다 그의 가슴은 뛰었다. 로안의 목소리 하나하나, 그의 말 한마디가 도윤에게 깊은 울림을 주었기 때문이다. 하지만 영상은 그저 로안의 목소리만 담는 것만으로는 완성될 수 없었다. 도윤은 그 영상에 팬들의 목소리도 함께 담기로 결심했다. 그들의 이야기를 인터뷰 형식으로 담아내면, 더 많은 사람들이 그 메시지를 공감하고 이해할 수 있을 것이라 생각했다.

몇 주가 지나고, 드디어 도윤은 영상을 완성했다. 영상의 마지막 장면에서, 도윤은 카메라를 향해 떨리는 목소리로 말했다. "누군가에게 빛이 되어주세요. 작은 빛이라도 어둠 속에선 소중하니까요." 도윤의 목소리는 떨렸지만, 그 말에는 진심이 담겨 있었다. 그는 깊은 숨을 쉬며, 영상을 업로드하기 위해 클릭을 했다.

그 날 밤, 도윤은 영상을 올린 사이트를 계속해서 확인하며 반응을 기다렸다. 첫날에는 아무런 반응도 없었고, 도윤은 불안한 마음을 감출 수 없었다. '아무리 노력해도 누군가는 이해하지 못할 수도 있다.' 그런 생각들이 도윤의 마음을 스쳤다. 하지만 두 번째 날 아침, 그가 예상치 못한 댓글들이 올라오기 시작했다. 도윤은 놀라운 속도로 올라오는 댓글들을 하나하나 읽었다.

"이 영상 덕분에 다시 살아갈 용기를 얻었어요."

"로안의 메시지가 아직도 살아 있다는 게 믿어지지 않아요."

"그의 노래가 내 삶을 바꿔놓았고, 이제 그 메시지가 나를 다시 일으켰어요."

도윤은 그 댓글들을 읽으면서 눈물을 참을 수 없었다. 그들은 자신이 느꼈던 감동을 그대로 전해주었고, 도윤은 자신이 만든 영상이 단순히 추모의 영상 이상이라는 것을 깨달았다. 그 영상은 더 이상 그저 과거를 되돌아보는 기록이 아니었다. 그것은 그들의 삶 속에서 계속해서 살아 숨 쉬는 빛이었다. 그 빛은 도윤을 통해 계속해서 퍼져나갔다.

도윤은 이제 알았다. 로안의 메시지는 결코 사라지지 않는다. 그것은 그가 이 세상을 떠난 이후에도 여전히 사람들에게 영향을 미치며 살아가고 있었다. 그리고 그는 그 빛을 계속해서 전할 책임이 있었다. 그는 다이어리 앞에 앉아 글을 쓰기 시작했다.

'빛은 사라지지 않는다. 그것은 우리 안에서 계속 이어진다.' 도윤은 그 문장을 다이어리에 적으며, 마음속으로 다시 다짐했다. 로안의 메시지는 단순히 추억의 일부가 아니라, 사람들에게 삶의 의미를 되새기게 하는 빛이었다. 도윤은 그 빛을 계속해서 이어가겠다고 결심했다.

22. 아빠의 조용한 변화

도윤의 아빠는 그동안 도윤의 변화에 대해 별다른 관심을 두지 않았다. 언제나 그는 자신의 삶에만 몰두하며, 가부장적인 태도를 고수했다. 매일 같이 일상 속에서 술을 마시고, 때로는 그 분노를 도윤에게 쏟아내곤 했다. 아빠는 도윤이 자신과의 대화에서 늘 침묵을 지키는 것에 불만을 느끼기도 했지만, 그게 다라고 생각했다. 그러나 갑자기 찾아온 변화의 시작은 전혀 예기치 않은 방식으로 찾아왔다.

어느 이른 아침, 도윤의 담임선생님이 전화를 걸어왔다. 아빠는 그 전화가 별것 아닌 일일 것이라 생각하며 전화를 받았지만, 선생님의 목소리에서 어딘지 모르게 불안감이 묻어 있었다.

"아버님, 도윤이가 최근에 많이 힘들어했습니다. 지난 몇 달간 상태가 좋지 않아서…."

그 말에 아빠는 순간, 이해하지 못한 채 고개를 갸우뚱했
다. 도윤이 무슨 일인가? 그동안 도윤은 단 한 번도 자신에게
말하지 않았다. 언제나 잘 자고, 공부하는 것처럼 보였기 때
문이다.

"선생님, 그게 무슨 말씀이십니까? 도윤이가 무슨 일이 있
습니까?"

아빠의 목소리엔 약간의 불안이 묻어 있었다. 담임선생님
은 잠시 침묵을 지킨 뒤, 결국 차분한 목소리로 말을 이었다.

"어머니께서 아버님에게 말씀드리지 말라고 하셔서 말씀
드리지 않았지만, 도윤이가 최근에 매우 극단적인 생각을 했
습니다. 스스로 목숨을 끊으려 했다는 말을 했고… 도윤이가
그런 마음을 갖게 된 이유 중 하나가 아버님이라서 연락드렸
습니다."

그 순간, 아빠의 온몸에 전기가 흐르는 듯한 충격이 밀려
왔다. 도윤이 극단적인 선택을 고민했다니? 그런 일이 있었

다니, 그동안 도윤이 힘들어하는 걸 알지 못했다니. 아빠는 당황스러움과 후회, 그리고 절망감이 섞인 감정을 한꺼번에 느꼈다. 자신이 왜 그동안 도윤에게 눈길을 주지 않았을까, 왜 그가 그런 고통을 겪고 있다는 걸 몰랐을까 하는 죄책감이 들었다.

"아무튼, 도윤이가 지금 학교에서 상담을 받기로 했으니, 오늘 저녁에 한 번 면담을 해보시면 좋겠습니다."

선생님의 말에 아빠는 기계적으로 대답했다.

"알겠습니다. 감사합니다."

그 후, 아빠는 집으로 돌아갔다. 아무리 애써도 도윤의 얼굴이 떠오를 때마다 마음이 편하지 않았다. 예전처럼 술을 마시고, 아무 일도 없다는 듯이 무심하게 지나치려 했지만, 그날만큼은 그런 식으로 넘길 수 없었다. 도윤의 마음속에서 일어난 일들이 도저히 무시할 수 없을 만큼 크게 다가왔다.

저녁이 되어, 아빠는 묵묵히 차를 타고 학교로 향할 준비를 했다. 도윤을 만나는 것에 대한 두려움과 걱정이 그를 짓눌렀지만, 면담은 피할 수 없었다.

그날 저녁, 도윤의 아빠는 담임선생님을 만났다. 선생님은 도윤이 고립감과 외로움을 느끼고 있었다고 설명했다. 도윤은 사람들과의 관계에서 점점 멀어지고 있었고, 자신에 대한 관심과 이해가 부족했다고 말했다. 아빠는 그 이야기를 들으며, 자신이 도윤에게 얼마나 무심했는지, 얼마나 그를 이해하려 하지 않았는지를 깨닫게 되었다.

"도윤이가 힘든 순간에 아버님이 조금만 더 다가갔다면… 상황이 달라졌을지도 모르죠."

담임선생님의 말에 아빠는 잠시 말을 잇지 못했다. 이 말은 그에게 깊은 충격을 안겨주었다. 그동안 도윤에게 너무 무관심했던 자신, 술을 마시고 자신의 감정을 도윤에게 쏟아내며 그가 어떤 어려움을 겪고 있는지에 대해 신경 쓰지 않았던 자신. 아빠는 그 말을 듣고 자신이 얼마나 무책임했던 사람인지 되돌아보았다.

"그렇지만, 지금이라도 늦지 않았습니다. 아버님이 도윤이에게 관심을 가지고, 아이 곁에 있어 주는 것만으로도 그에게 큰 도움이 될 거예요."

그 말은 아빠의 마음에 깊이 박혔다. 그는 그동안 도윤에게 '남자답게, 강하게' 자라기를 바랐던 것뿐이었다. 이제야 깨달았다. 도윤에게 필요한 건 힘든 순간에도 그의 마음을 헤아리고, 진심으로 다가가는 것이었다.

그날 밤, 아빠는 술을 한 잔도 마시지 않고, 도윤이 자고 있는 방으로 조용히 다가갔다. 도윤은 깊은 잠에 빠져 있었지만, 아빠는 잠시 그를 바라보았다. 그동안 도윤에게 하지 못했던 말들이 떠올랐다. 그는 도윤의 침대 옆에 앉아, 잠깐 말을 건넸다.

"도윤아, 내가 너한테 제대로 다가가지 않았던 거 알아. 미안하다. 그동안 너무 무심하게 굴었어. 나도 너의 고통을 몰랐어. 하지만 이제는 널 이해하려고 할 거야. 우리가 함께 해결해 나갈 거야."

그 말은 도윤이 자고 있는 동안에도 아빠의 마음 깊숙이 박혔다. 그에게 다가가는 것이 쉽지 않겠지만, 아빠는 이제 도윤과의 거리를 좁히기로 결심했다. 그리고 그때, 도윤이 눈을 살짝 떴다.

"잘 자라, 도윤아. 내가 더 잘할게."

그날 아침, 도윤은 예상치 못한 일에 당황했다. 아빠가 그를 태워주겠다고 한 것이다. 도윤은 아직도 믿기지 않았다. 아빠는 항상 무뚝뚝했고, 그의 태도는 냉정하기 짝이 없었지만, 오늘은 달랐다.

차를 타고 가는 동안, 도윤은 아빠가 아무 말 없이 길을 달리고 있다는 사실이 여전히 낯설게 느껴졌다. 예전 같으면 차 안에서도 아빠는 잔소리와 비난을 쏟아내곤 했으니까. 그러나 오늘은 달랐다. 조용히 차를 몰고 있는 아빠의 모습에서 느껴지는 변화에 도윤은 조금씩 안도감을 느끼기 시작했다.

학교에 도착했을 때, 아빠는 차를 멈추고, 도윤을 향해 말을 했다.

"잘 다녀와."

그 짧은 한마디가 도윤의 마음을 울렸다. 아빠가 자신에게 이런 말을 한 건 처음이었다. 도윤은 그 한마디에 미소를 지으며, 고개를 끄덕였다. 그리고 그는 차에서 내려, 아빠의 모습을 떠올리며 학교로 향했다.

이제 아빠는 더 이상 과거의 모습 그대로가 아니었다. 그가 조금씩 변화하고 있다는 사실을 도윤은 느꼈다. 조금씩, 아주 조금씩.

23. 눈물 속에서 피어나는 꽃

도윤은 병원으로 향하는 택시 안에서 손을 꼭 모았다. 심장이 미친 듯 뛰고, 창밖으로 스치는 겨울 풍경조차 제대로 보이지 않았다. 그는 방금 전 어머니에게서 들은 말을 곱씹고 있었다.

"도윤아, 아람이가 깨어났어!"

어머니의 떨리는 목소리가 아직도 귀에 생생했다. 도윤은 아람이가 깨어났다는 사실이 믿기지 않으면서도, 내내 마음 한편에서 꿈꿔왔던 일이 현실로 이루어진 것 같아 벅차올랐다.

병원에 도착하자마자 도윤은 겨울바람도 잊은 채 병원 복도를 달렸다. 발소리가 복도에 울릴 때마다 그의 가슴은 점점 더 조여왔다. 드디어 병실 문 앞에 멈춰 섰을 때, 도윤은 한숨을 깊게 내쉬며 마음을 가다듬었다.

"괜찮아, 아람이가 기다리고 있어."

문을 열자, 병실 안의 고요한 풍경이 눈에 들어왔다. 하얀 커튼 사이로 햇살이 희미하게 들어오고 있었고, 창가에 앉아있는 아람이의 뒷모습이 보였다. 그녀는 창밖을 바라보고 있었다. 가느다란 어깨가 조금씩 움직이며 그녀의 숨결을 드러냈다.

"아람아…."

도윤이 조심스럽게 부르자, 아람이는 천천히 고개를 돌렸다. 두 사람의 눈이 마주친 순간, 도윤은 입술을 꽉 깨물었다. 아람이의 얼굴에는 이전의 생기 대신 깊은 공허함이 드리워져 있었지만, 그 안에 작지만 분명한 생명의 흔적이 있었다.

아람이는 나지막이 웃으며 말했다.

"도윤아… 왔구나."

그 말을 들은 순간, 도윤은 그 자리에서 주저앉고 말았다. 눈물이 한꺼번에 쏟아져 나왔다. 그는 떨리는 목소리로 말했다.

"아람아, 정말 다행이야. 네가 깨어나 줘서, 정말 다행이야…."

아람이는 도윤의 눈물을 보며 잠시 멍하니 있다가, 이내 손을 뻗어 그의 손을 잡았다. 차가운 손끝이 닿는 순간, 두 사람 사이에 말로 설명할 수 없는 온기가 퍼졌다.

"미안해, 도윤아. 많이 걱정했지… 엄마가 얘기해줬어. 네가 얼마나 나를 위해 애썼는지."

도윤은 고개를 저었다.

"미안할 게 어디 있어. 이렇게 다시 우리 곁에 있어 줘서, 그거면 됐어."

아람이는 눈을 감았다. 잠시 침묵하던 그녀가 다시 입을 열었다.

"도윤아… 사실 난 너무 무서웠어. 로안 오빠가 떠나고 나니까, 나도 더는 살 의미가 없다고 생각했어. 그래서… 그래서 이렇게 된 거야."

그녀의 목소리는 떨렸지만, 도윤은 가만히 듣고 있었다. 그는 손을 꼭 쥐며 말했다.

"아람아, 네가 얼마나 힘들었는지 알아. 하지만 이제부터는 혼자 아니야. 나도 네 옆에 있고, 우리 같이 해보자. 로안 형도 하늘에서 네가 행복하길 바라고 있을 거야."

아람이는 도윤을 바라보았다. 그녀의 눈에는 아직도 슬픔이 가득했지만, 그 안에 작은 희망의 흔적이 깃들어 있었다.

"도윤아, 정말로… 내가 잘 살아갈 수 있을까? 이렇게 다시 시작할 수 있을까? 난 그냥 너무 무서워. 내일이 오는 게, 잘 살 수 있을지도 모르겠고… 잘 살아갈 용기가 안 나…."

도윤은 그녀의 손을 꼭 잡으며 말했다.

"그래, 아람아. 내일이 무서울 수도 있어. 하지만 네가 혼자라고 생각하지 마. 나도 여기 있잖아. 아람아, 네가 나한테 얼마나 소중한 사람인지 알아? 네가 없으면 나도 똑같아. 나도 너 없으면 너무 무서워… 그러니까 우리 같이 힘내보자. 로안 형도 하늘에서 우리를 보고 있을 거야. 아람이가 잘 이겨내길, 행복하길 바랄 거야."

그녀는 도윤을 가만히 바라보다가 이내 눈물을 흘렸다. 떨리는 목소리로 말했다.

"하지만… 정말 이겨낼 수 있을까? 계속 이렇게 힘들면 어떡해?"

"할 수 있어. 내가 도와줄게. 우리가 함께라면 조금씩 나아질 거야. 네가 괜찮아질 때까지 내가 옆에 있어 줄게. 그러니까 나만 믿고 천천히 걸어보자, 응?"

그 말을 들은 아람이는 잠시 침묵하다가 마침내 고개를 끄덕였다. 그녀의 얼굴에 눈물이 흘렀지만, 그 안에는 조금씩 피어나는 결심이 담겨 있었다.

그날, 두 사람은 서로를 부둥켜안고 한참을 울었다. 겨울 햇살은 병실 안을 부드럽게 비추고 있었고, 눈 덮인 나무들 아래에서 작은 새싹이 자라나듯, 두 사람의 마음속에도 희망이라는 새싹이 움트기 시작했다.

그렇게 그들은 서로에게 손을 내밀며 다시 한 걸음을 내디뎠다.

24. 너의 빈자리를 살아가는 법

시간이 흐르면서 도윤 안의 슬픔은 미묘하게 변해갔다. 처음에는 견딜 수 없을 만큼 아팠던 그리움이 이제는 잔잔한 파도처럼 그의 마음속에 스며들었다. 여전히 그가 그립고, 문득문득 눈물이 차오를 때도 있었다. 하지만 그 눈물 속에는 더 이상 온통 슬픔만이 있는 건 아니었다. 기쁨과 감사가 섞인 눈물이 되어, 그저 가슴 벅차게 살아가고 있다는 사실을 깨닫게 되었다.

아람이는 몸 상태가 많이 나아졌지만, 아직 완전히 퇴원할 수는 없었다. 여전히 병원에 남아 치료를 받으며 상담도 계속 이어갔다. 나는 종종 그녀와 함께 상담에 참여했다. 아람이는 나를 의지했고, 나도 그녀에게서 힘을 얻었다. 상담실에서 우리는 각자의 아픔을 털어놓으며 서로를 위로했고, 조금씩 마음의 짐을 덜어갔다. 그렇게 우리는 조금씩 나아지고 있었다.

어느 날, 아람이가 말했다.
"너 없었으면 나 진짜 못 버텼을 거야. 고마워."
그녀의 말에 나는 고개를 끄덕이며 미소 지었다.
"나도 네가 있어서 버틸 수 있었어."
그 순간, 우리는 서로가 얼마나 소중한 존재인지 새삼 느꼈다.

시간이 흐르며, 아람이는 점점 더 밝아졌다. 얼굴에 생기가 돌았고, 웃음이 자주 터지기 시작했다. 상담 선생님도 '이제 많이 좋아졌네'라며 따뜻하게 미소 지어주었다. 마침내 아람이는 퇴원할 수 있었다. 병원을 나서는 그날, 아람이는 깊은 숨을 들이쉬며 말했다.
"이제 진짜 시작이네."

나는 그녀의 손을 꼭 잡았다.
"같이 시작하자. 천천히."

아람이의 퇴원은 그녀만의 새로운 시작이 아니었다. 그것은 나에게도 큰 전환점이었다. 우리는 서로를 의지하며 함께 앞으로 나아갈 힘을 얻었다. 여전히 가끔은 그날의 기억이 떠오르며 마음이 무거워질 때도 있었지만, 그런 순간들 속에서도 우리는 함께 걸어갈 길을 다시 찾았다.

몇 주 후, 아람이가 퇴원하고 학교로 돌아왔다. 얼굴에 조금 여위어진 흔적이 남아 있었지만, 그녀는 여전히 그 밝은 미소를 지으며 학교로 돌아왔다. 마치 아무 일도 없었던 것처럼, 아람이는 웃으며 모든 것이 제자리로 돌아간 듯 보였다. 그 모습을 보며, 나는 이유 없이 눈물이 났다. 아람이는 장난스럽게 "너 왜 울어? 내가 그렇게 반가워?"라고 말했지만, 나는 대답할 수 없었다. 그저 그녀가 돌아온 사실 자체가, 내가 지금 이 순간을 감사하게 여길 수 있는 이유가 되었기 때문이었다.

학교는 여전히 같았다. 바뀐 건 없었고, 수업은 언제나처럼 이어졌다. 그러나 내 일상은 조금씩 변해갔다. 아람이와 함께 교실에 앉아 웃고 떠들 수 있는 지금 이 순간이 너무나도 소중했다. 종종 그가 생각나 마음 한구석이 먹먹해질 때도 있었지만, 그 감정조차도 이제는 내가 살아가고 있다는 증거처럼 여겨졌다.

수업이 끝난 뒤 혼자 운동장을 걸었다. 차가운 바람이 불었지만, 하늘은 맑고 푸르렀다. 그 순간, 그의 노래가 문득 떠올랐다. 노랫말 하나하나가 바람에 실려 내 마음을 어루만지는 듯했다. 그리고 나는 깨달았다. 그의 노래는 슬픔만을 남긴 것이 아니었다. 그것은 내가 살아가야 할 이유를, 이겨내야 할 힘을 전해주고 있었다. 내가 그를 기억하는 한, 그는 나를 통해 여전히 존재하고 있었다.

운동장 한가운데에서 걸음을 멈추고 하늘을 올려다보았다. 눈물이 흘렀다. 이번엔 슬퍼서가 아니었다. 행복해서, 감사해서, 그리고 살아 있다는 사실이 벅차서 흘리는 눈물이었다.

평범한 일상 속에서, 나는 다시 살아갈 용기를 조금씩 찾고 있었다. 나를 기다리는 내일이 어떤 모습일지는 알 수 없었지만, 괜찮았다. 그는 내 곁에서 늘 이렇게 말해줄 것만 같았다.

"괜찮아, 잘하고 있어. 네가 이렇게 살아가는 것만으로도 충분해."

그 말을 떠올리며 나는 다시 걸음을 내디뎠다. 이 길 끝에서 어떤 일이 기다리고 있을지는 모르겠지만, 분명히 알 수 있는 한 가지가 있었다. 나는 살아가고 있다는 것, 그리고 앞으로도 계속 그렇게 할 거라는 것.

그날, 도윤은 운동장을 걸었다. 차가운 겨울바람이 불어왔지만, 그는 고개를 들어 푸른 하늘을 바라보며 천천히 걸음을 내디뎠다. 그 순간, 도윤은 문득 깨달았다. 그의 삶은 결코 완벽하지 않았고, 앞으로도 그러할 것이다. 하지만 그 불완전함 속에서도 그녀는 계속 살아갈 것이다. 슬픔과 기쁨, 눈물과 웃음이 뒤섞인 이 모든 순간이 그라는 사람을 만들어 가는 것이었다.

멀리서 아람이가 보였다. 그녀는 환한 미소를 띠고 도윤을 향해 손을 흔들었다. 도윤은 그녀의 밝은 표정을 보며 자연스레 웃음이 번졌다.

"뭐 해? 혼자 감성에 젖어서 하늘만 보고 있네?" 아람이가 다가오며 말했다.

도윤은 웃으며 대답했다.

"그냥… 하늘 보면서 생각 좀 했어."

"또 감성충 모드 들어갔구나."

아람이는 장난스럽게 말하며 도윤의 어깨를 가볍게 쳤다. 하지만 그녀의 말 속에는 따뜻한 애정이 가득 담겨 있었다.

두 사람은 나란히 운동장을 걸었다. 차가운 겨울바람이 그들의 얼굴을 스쳐 갔지만, 바람 속에는 다가오는 봄을 기다리는 희망의 기운이 서려 있었다.

아람이는 걸음을 멈추고 도윤을 바라보며 말했다.

"이렇게 살아가는 것만으로도 정말 대단한 거야. 넌 충분히 잘하고 있어."

도윤은 미소 지으며 고개를 끄덕였다.

"너도 마찬가지야. 네가 여기 있어 줘서 나도 힘낼 수 있었어."

그들은 서로에게 위로이자 희망이 되어주었다. 함께 있는 것만으로도 차가운 겨울날이 조금은 따뜻해지는 것 같았다.

그때 눈이 내리기 시작했다. 작은 눈송이가 도윤의 손바닥에 내려앉았고, 금세 녹아 사라졌다. 도윤은 그 모습을 바라보며 속으로 다짐했다.

'어떤 계절이 와도, 어떤 날들이 찾아와도, 나는 살아갈 것이다.'

아람이와 도윤은 나란히 하늘을 올려다보며 환히 웃었다. 푸른 하늘은 여전히 맑았고, 그들 앞에 펼쳐질 이야기는 아직 끝나지 않았다.

_에필로그

도윤은 의자에 앉아 잠시 생각에 잠겼다. 1년 동안 쓰지 않았던 팬레터를 다시 써보려 한다. 예전의 감정들이 이제는 조금 더 무르익고, 성숙한 마음으로 글을 적어 내려갔다.

'오랜만에 편지나 써볼까?' 그는 조용히 속으로 중얼거리며, 펜을 들어 첫 글자를 써 내려갔다.

당신이 떠난 뒤로 긴 시간을 헤매며 살았다. 갑작스러운 공백은 너무도 크게 느껴졌고, 무언가를 잃었다는 사실이 나를 짓눌렀다. 당신의 노래를 듣는 것도, 이름을 떠올리는 것도 한때는 고통이었다. 하지만 시간이 지나며 깨달았다.

당신은 나에게 슬픔이 아닌, 희망과 용기를 남기고 떠났다는 것을.

처음 당신의 목소리를 들었던 날이 떠오른다. 세상이 우중충했던 어느 날, 낡은 이어폰 속에서 흘러나온 당신의 목소리는 마치 나를 꼭 끌어안아 주는 것 같았다. '억지로 힘낼 필요 없어, 살아있는 것만으로도 충분해'라고 조곤조곤 다독여 주는 듯한 그 순간, 음악이 사람을 이렇게 치유할 수 있다는 걸 처음 알았다.

그 순간부터 당신의 음악은 내 삶의 일부가 되었고, 당신의 존재는 내 청춘을 밝혀주었다. 그런데도 당신이 떠난 뒤, 나는 스스로를 자책하곤 했다. 당신에게 받은 위로가 너무 컸기에, 정작 당신이 떠나던 순간에 내가 아무것도 해줄 수 없었다는 생각이 날 괴롭혔다.

하지만 이제는 안다. 당신이라면 어설픈 나조차도 괜찮다며 웃어주었을 거라는 걸. 나의 부족함조차 다독이며, 당신이 늘 그래왔듯 "괜찮아."라고 말해주었을 당신을 생각하면 조금은 덜 미안해진다.

지금은 더 이상 슬픔에 머물지 않기로 했다. 당신이 내게 준 사랑과 위로를 마음 깊이 새기며 살아가기로 했다. 당신이 남긴 음악과 따뜻한 말들은 여전히 나를 위로하고, 앞으로도 그럴 것이다. 나는 당신의 팬으로서 부끄럽지 않은 삶을 살아가겠다.

로안, 당신이 있는 그곳에서는 부디 따뜻하고 편안하길 바란다. 더 이상 아프지 않고, 홀가분한 마음으로 웃으며 지내기를.

이제 나는 조금은 어색하지만 새로운 삶을 다시 살아간다. 당신이 생각나는 흔한 하루들을 살아보려고

언제나 당신의 팬이었던, 그리고 앞으로도 팬일 나로부터.

도윤은 편지지를 조심스레 봉투에 넣으며, 그 위에 조그마한 고운 스티커를 붙였다. 마치 한 사람의 마음을 소중히 담는 듯, 섬세하게 봉투를 정리한 후, '목적지: 하늘'이라고 적힌 봉투를 손에 쥐었다. 그의 손끝에서 봉투가 흔들리듯 가벼운 떨림을 느꼈다.

그는 우체국으로 향하는 길을 걸으며, 발걸음 속에 묻어 있는 무언가를 꺼내려는 듯, 깊은 숨을 내쉬었다. 마침내 우체국 앞에 섰을 때, 도윤은 잠시 멈춰 섰다. 우편함을 앞에

두고 그는 나지막이 말했다.

"로안아, 아니 로안이 형. 그곳에서도 항상 행복하길 바랄 게요. 우리가 항상 당신의 빛이 되어줄게요. 그러니까 조금만 더 웃어주세요."

그 순간, 창밖의 어둠 속에서 별이 하나 깜빡였다.

그가 대답을 해준 것 같아 도윤은 눈물을 닦으며 고개를 끄덕였다.